テレビ　我が人生

前田昭治

てらいんく

テレビ　我が人生

プロローグ

二〇一九年十二月、ＮＨＫ山形放送局時代の小平信行さんから一通の手紙が来た。東京の目黒の柿の木坂に住んでいたが、最初の仲人を頼まれてやったのは、彼だった。内容は、彼の父が百歳で亡くなったという知らせであった。百歳とは大変な年齢である。

二〇一九年、那覇市の首里城が火災でなくなった。私のいたころは、琉球大学が建っており、その後、大学が移転し、その場所に首里城が建設された。やはり、沖縄には首里城が、日本経済が誇る世界遺産にふさわしい。立派な建物が望ましい。あと五年かかる再建が待ち遠しい。

沖縄に関するシナリオを書きたいという早大の伊藤敬から知らせがあった。伊藤氏は、愛知県庁から演劇で表彰されている。

名古屋の東文化小劇場で、戦争の悲劇や人間の尊厳に正対した佳作を演出した。舞台は戦争中、アメリカに住む島崎一家と、沖縄に住む金城一家。両家を対比させながら話を進める。島崎家の譲二は、学徒動員で海軍少尉として特攻機に乗って戦死する。弟のジョージは、アメリカ陸軍の語学兵として、沖縄攻撃隊として参戦する。金城家の娘は、沖縄戦で敵の攻撃隊で死ぬ。

両家の庭には「てぃんさぐの花」が咲いていた。

アメリカと日本は将来にわたって友好関係を持ち続けたい。


豊橋の私の出身校、時習館高校の澤井（旧姓川崎）容子さんといえば、私の音楽に関する学校行事を手伝ってくれた重要な人物だ。

「豊川の流れ」など三十数曲を作曲し、特に時習館高校の校歌は有名である。

その彼女が、時習館高校の同窓会の会報に、NHK連続ドラマ「エール」が決定したという記事が載ったことを知らせてくれた。

これは、容子の叔父の古関裕而の半生を描いた物語である。古関は福島でも小さい時からハーモニカを携帯し音楽の道を志していた。昭和四年、ロンドンの作曲コンクールの、管弦楽の舞踊組曲「竹取物語」が国際的な賞に入った。

当時、豊橋に住んでいた内山金子さんが時の人に宛てて「私はオペラ歌手をめざして勉強しています。」豊橋から福島に手紙を出した。それによって二人の文通が始まり、三か月で一五〇通に及んだ。

さあ、いよいよ本番です。

著者

もくじ

第三章　テレビ放送時代

第六章　中部で情報発信

第七章　生きた生活

第八章　オペラはすばらしい

第一章　初めての沖縄

一、スタート・あすをひらく

一九六四年四月、新番組、「あすをひらく」が始まった。これは、日本経済の新時代を開く幕開きの番組であった。第一回は、「救助隊出動」であり、安間総介の企画であった。引きつづきこの企画にたずさわったのは、藤井潔、川尻順一、山田允夫、沖清司等で、いずれも将来の第一線で活躍した人たちであり、のちに彼らは局長や理事にもなった。

「あすをひらく」の前の番組であった、「科学時代」は、フィルム代表番組として賞賛され、大きな仕事をした太田善一郎は高く評価された。

太田氏は、科学番組で、自動車、宇宙時代の新しい方向を考えた。彼はその実績を認められ、時代の先端の番組に異動していった。

「あすをひらく」では、私が担当したのは二本目の「海底との対話」、三本目、「前方方位に異状あり」、四作目「荒海に築く」であった。

五作目は、「切り開く外科医」を準備していたが中止になった。

高橋勤部長から、突然、私の沖縄転勤の話があった。

これが生涯の重大な転機となった。髙橋氏は新しい時代を切り開いた。

二、早稲田大学・大濱信泉《のぶもと》

転勤の知らせは、大きな出来事であった。

大濱信泉さんに会うことから始まった。早稲田大学法学部からは、毎年、千人が司法試験に受かっている。放送関係では、アナウンサー、編成等十人以上が、就職している。

早稲田の都の西北には、大隈重信の銅像がある。後年、私はNHKディレクターとして、大濱信泉さんと再会した。沖縄問題は重大な問題であると語っていた。沖縄教職員会会長、屋良朝苗さんの話で、八汐荘問題が大きなことにつながった。屋良さん

大濱信泉氏

は、年に数回も上京し、長い期間滞在して、教育公務員理事として話し、決意などを語った。その間、広島大学学長であった森戸辰男氏などの力に負うところが大きい。沖縄の八汐荘の外観の威容は屋良さんの熱意と頑張りの表れともいえる。

大濱氏は、沖縄返還のニュースについて当時、次のように語っている。

「沖縄返還のニュースを聞いた。米中ソを巧みにあやつり、何と見事な勝利よ！　一滴の血も流さず、失われた領土を取りもどすとは！と思っているのは私だけではない。西欧の新聞にもそういった論調がみえ、それを日本の新聞は『そねみ』に似た感情を抱いている、と評している。だが、この成果は、ヨーロッパ人がやるようなやり方で手に入れたのではない。」

これは近ごろ評判のイザヤ・ベンダサン氏の著「日本人とユダヤ人」の「政治天才と政治低能」と題する章中の一節である。ベンダサン氏は、さらにこの成功は、予習や復習をしなくとも癪にさわるほどずばぬけてできる政治天才の日本人だからできたのだとも附言している。ところが皮肉なことには、「安全と水は無料で手に入ると思いこんでいる」〝別荘育ちのお坊ちゃん〟である日本の知識人や政治家の中には、沖縄返還を日本の外交の勝利だと思わない人が多い。それどころか、軍事基地つきの沖縄返還などはもってのほかだといわんばかりにケチをつけ、政府の責め道具にさえ利用しているのが実状である。そうなると、日本人は政治天才どころか、どこかヌケているのかもしれないのである。とにかく、歴史の審判を待つ以外に途はあるまい。

三、基地・安保反対　屋良朝苗

那覇市国際通りに沖縄県教職員共済会館がある。この建物は、大ホール、大食堂を設え、一一部屋、宿泊できる。

私が沖縄に赴任して初めて会った人は、屋良朝苗氏であった。大濱氏の紹介された人のなかで最も印象があったが、屋良氏が沖縄問題を大きく変えた。

屋良氏は、文部省の松永光大臣に会ってよい結果を出し、次官では各論を示し明答した。基地の敷地面積取得にあたっては、琉球政府は責任をもって協力し、総工費二三〇〇万であった。これが沖縄を引き上げる基礎となったと思われる。屋良氏は次のことをいっている。

あるとき、私はアンガー高等弁務官に呼ばれ、私の主張に関して二つのことを聞かれた。一つは、「基地反対」が理解できないということであり、もう一つは、「安保反対」とはどういう意味かということだった。

実は、私たちの統一綱領では初め、「基地撤去」「安保廃棄」となっていた。これらは基本的な理念ではあるけれども、あまり現実から遊離すると、相手につけいれられるおそれがあるため、私の注文で「反対」にとどめてもらった。

実際、沖縄の米軍基地は、朝鮮やベトナムの戦場に直結してきた。下手をすると、この基地ゆえに、沖縄は報復を受けるおそれがある。常識的に考えて、軍事基地があってもよいとは決していえないはずである。沖縄の人たちが暴力的に基地を破壊した例はないけれども、だからといって基地の存置に賛成しているわけではない。本土でも、例えば佐賀や熊本に沖縄のような基地があれば、誰だって反対するだろう。

また安保についても、沖縄の米軍基地が日米安保体制のキーストン（かなめ石）になっている現実がある以上、米軍基地の存在を許している安保に賛成できるものでは

主席公選した屋良朝苗氏

ない。

　私は高等弁務官にいった。「私はあなたと安保論争をするつもりはない。ただ沖縄県民の福祉を保障するという私の熾烈《しれつ》な念願を起点として考えるならば、安保と基地には反対せざるを得ない」と。

　こう話すと、アンガー高等弁務官は「そんな考え方もあるな」といって、それ以上何もいわなかった。


　高等弁務官夫妻主催の晩餐会は、午後一一時ごろまで約三時間も続いた。ランパート高等弁務官は、「十五日からは私は沖縄にいてはいけない人間だ」といわれ、十五日の午前〇時を期して沖縄の地を離れることになった。

晩餐会が終わると、高等弁務官夫妻はその場から嘉手納米空軍基地に直行した。私たち夫婦も見送りのため同基地に向かった。待つことしばらく、実際には四、五分程度だったろうが、私は一心に時計に見入り、「あと一分」「あと十秒」と数えた。時計の針が十五日午前〇時を示した。その瞬間、新生沖縄県が誕生した。ついに復帰が実現したのだ。

終戦後二七年間、異民族支配下のさまざまな出来事が走馬灯のように私の頭に去来した。その不健全な、仮の時代に、いま終止符が打たれた。まさに万感こもごも。歴史は転換し、未来に向かって発展してゆくスタートラインに着いた。

私は基地のなかで周囲を見回した。しかし何も変わるものがない。復帰の瞬間、船や役所、工場は、汽笛やサイレンを鳴らすことになっていたが、広い基地内にいたためかそれも聞こえなかった。感慨無量とはいうものの、復帰の実感はなかなかわかなかった。

午前〇時、高等弁務官は、弁務官旗をたたみ、それを納める儀式のあと、たくさんの見送りの人々と一人ひとり別れの握手をして機上の人となった。特別機が実際に離

カーペンター氏と屋良氏

陸したのは午前〇時一五分ごろだった。

沖縄海洋博は、……。なかでも思い出されるのが大濱信泉先生のおかげである。復帰を記念するこの大行事にあたって、沖縄の生んだ先覚者であり復帰の貢献者である先生が、海洋博協会長として活躍されたことは、非常に意義深いことだった。……先生は海洋博が終わると間もなく、亡くなられた。文字通り沖縄のために捧げられた一生だった。

そして私は、NHKの記事に屋良氏について書いている。

著者と屋良氏

復帰前のアメリカ施政権下の沖縄に特派員として四年間駐在し返還協定調印で帰った。入国査証が要り、ドル通貨の時代で、嘉手納基地からベトナム戦争にＢ52爆撃機が飛び立ち、復帰に向かって激動の時期であった。

日本本土の現状を知りたいという要望は高まるばかりで、放送局がないＮＨＫはテレビ番組を民放局に提供する形で放送した。特に、学校放送番組は、教育向上に欠かせないと琉球政府と教職員が一体となって力を入れた。

こんな事情から、沖縄に赴任し最初にあいさつに訪れたのが、教職員会会長などを務めた教育者の屋良朝苗氏であった。艱難辛苦を重ね広島高等師範学校を卒業し、高校長などを歴任、沖縄復帰再建の基本を教育に求め、県民の先頭に立って奮闘されていた。話は二時間を超えた。

初の首席公選では祖国復帰を訴え立候補。基地反対を唱えたため「イモとハダシの生活に戻る」と攻撃され苦悩された。

一九六八年十一月十日昼過ぎに当確となり、NHKでは速報を出すと共に、午後三時の総合テレビでナマの電話で喜びの声を伝えた。上りのテレビ回線がまだなかったので、フィルムを国際航空便で東京に送ったが、放送できたのは夜遅くだった。午後七時の総合テレビでは音声でナマ出演することになり、多数の民放や新聞を断ってNHK放送局に来られた。テストOKだったが本番では屋良氏の声は届かなかった。この時間に全国民にお礼をいいたかったという、屋良氏の無念の顔が忘れられない。

その後、特集「屋良政権と沖縄」などを放送したが、何かよい形でこの年を締めくくりたかった。そこで、ラジオ「ゆく年くる年」にナマ出演をお願いし、波上宮に場所を設けた。テストは良好だったが、本番は、なぜかつながらなかった。回復するかと屋良氏には告げずにしゃべりつづけてもらったが、私は蒼然となり涙ぐんでいた。屋良氏はこのことを察し、「試練に耐えてこそ困難に立ち向かえる」といわれた。二人はつらい初詣をして年が明けた。

Ｂ52墜落、ゼネスト、コザ騒動、毒ガス問題などを乗り越え、沖縄返還を実現、戦後初の沖縄県知事となった。

私が帰任するとき、個人的に送別会を開いてくれた。「誠意あるところ、道は自ずから開ける。沖縄と本土の道が開かれるには、お互いの心が通うことから始まる。あなたは、帰って、心の架け橋となってほしい」といって手を握られた。

屋良氏は一九九七年九四歳で逝去された。

四、兼城一の沖縄一中勤皇隊

早稲田大学の法学部のときの第一人者である兼城一《はじめ》に会った。彼とは沖縄を語り、よく飲み、朝帰りをしたのも彼一人とであった。当時は、渡航禁止のために沖縄に行けず、故郷との一切の関係を断つことで〝オキナワ〟を了解していた。兼城氏は、沖縄戦で釈放されたとき、両親と四人の弟を亡くし自分一人になってしまっていた。氏

一中健児の像（「目で見る　養秀百十年」より）

は大学を卒業しても、自分以外の人たちのためにサポートをした。沖縄一中鉄血勤皇隊は、太平洋戦争においては、防衛召集により動員された日本軍史上初の一四歳〜一六歳の学徒動員による少年兵部隊であった。一九五〇年、兼城氏が早大に入学して以来、彼が志したのはのちの鉄血勤皇隊の記録の執筆であった。

兼城氏は「沖縄一中　鉄血勤皇隊の記録」（高文研）上下二巻を出版した。その優れた記録に対して、沖縄タイムス社の「文化出版賞」が授与された。

沖縄戦は、太平洋戦争の末期、一九四五年三月下旬から六月下旬まで、沖縄本島を主戦場にたたかわれた日米最後の、そして最大の決戦である。

この決戦に備え日本守備軍は、陣地構築や飛行場建設に沖縄県民を根こそぎ動員したほか、戦闘部隊としても組織した。「鉄血勤皇隊」と名付けられ、戦場に動員された師範学校生徒および県下の中学校、工業、農林、水産、商業学校生徒もその一部を占めた。一方、師範学校女子部と高等女学校の生徒たちは補助看護要員として戦場に動員された。

私は六月二三日に行われる沖縄慰霊の日に参加するため、毎年のように帰郷する。その際、一〇日ほど滞在して調査、取材するので、年に一度は必ず取材することになる。多い年には二度も帰郷したので、面接した人は延べ四百名近くになる。

最初は手さぐり状態だった調査もだんだん軌道にのるようになり、このように一編の記録にまとめることができたことは、各証言者の協力、援助のたまものである。

私は取材にあたって、人間の記憶力にしばしば感嘆させられた。三〇年以上も前のことだが、昨日のことのように鮮明に記憶し、細部にわたって証言できる大勢の人に出会った。

正午前に取材に入り、暗くなってやっと一区切りついたという人もいた。しゃべり疲れて「あとは明日にしよう」という人もいた。質問すればするほど湧きでる泉のように、証言は尽きなかった。

沖縄戦は彼にとって、あらゆる意味において原点になっていた。沖縄戦の体験にもとづいて物ごとを判断し行動してきたという彼は、生きることは尊いことだと述べ、生きるか死ぬか一寸先は闇だった島尻《しまじり》彷徨時代と比べれば、上京してからの生活の苦労は何ほどのものでもなかった。

このようにして、二〇年の歳月をかけて四千人から聞きとりした証言はまさに、沖縄戦の功績である。

読谷村楚辺《よみたんそんそべ》に収容されていた具志川村民は、まもなく金武《きん》に移動させられた。戦争の長期化に従って、抑留住民を激戦地区でない国頭《くにがみ》地区に移動させ、中・南部での米軍の作戦に支障をきたさないようにしたのだろう。移動した人たちの中に一期先輩の天願《てんがん》雄行、安晴兄弟の父・朝行氏と家族がいた。

金武に着くと、トラックから下ろされ、付近の無人の家は使用してかまわないといわれた。集落の人たちはほとんど山に避難し、米軍につかまった人たちだけが自分の家で暮らしていた。楚辺から移動してきた人たちは主のいない家に勝手にあがり込んだ。早い者勝ちで、その日からその家が我が家になった。そのあと持ち主が山から帰ってきたとしても、もう自分の家にはいるわけにいかなかった。持ち主は自分たちの住む場所を別に見つけなければならなかった。

住民はすべて登録されるようになった。食料配給所ももうけられた。若者は働くようにいわれ、僕も兄貴も配給所につとめることになった。それからは住民は米と缶詰を定期的に支給されるようになった。

米軍は四月五日に読谷村《よみたんそん》に海軍軍政府を設け、米太平洋艦隊司令長官ニミッツ元帥の名において、占領下にある南西諸島の日本の行政権・司法権の停止、住民の保護・管理の開始を宣言した米国海軍軍政府布告第一号（いわゆるニミッツ布告）を公布し、ただちに軍政をしいた。

これらの事実は、沖縄県の大田昌秀氏の沖縄戦でも詳しく書かれている。

五、大田昌秀の戦争と平和

一九五七年十一月十九日、放送教育研究会、沖縄大会がコザ市で行われた。事務局として那覇市のＮＨＫ沖縄総局で、一年一回の大事業であった。幼稚園、小学校、中学校、高校ら、自校の学校の職員が集まり盛大であった。

大田昌秀氏

新垣英一郎事務局長、嘉数正一指導主事らのほか、琉球大学の大田昌秀氏の優秀メンバーが参加した。

大田氏から放送メディアの話をうかがっていたが、このときでも、北部での話をしてくれた。

終戦直後の米兵の動きを生々しく描く話があった。


米軍はそれまでの島嶼作戦の体験に照らして、沖縄戦でも非戦闘員の管理が避けられないものであることを十分に認識していました。そのため、作戦の一環として、コロンビア大学やプリンストン大学などでわざわざ対住民政策のために、軍政要員を教育したり、日本語に堪能な語学兵を訓練したりしていますが、特に沖縄上陸に備えて、沖縄系米人の二世、三世の中から日本語だけでなく沖縄の方言ができる者を選びだし、標準語に不自由な老人たちの世話をする配慮までしていたのです。

そうして米上陸軍は戦闘部隊が非戦闘員の世話にかかずらう手数をはぶき、占領地域での軍政を円滑にする思惑もあって、戦闘部隊には必ずもっぱら住民の管理を任務とする軍政要員を何人かずつ配備していました。そのうえ彼らは、非戦闘員用の生活必需物質から医薬品にいたるまで、事前に計画的に用意し、各部隊ごとに配分して戦場へ持っていったのです。

戦後になってわかったことですが、戦闘がたけなわのときは、軍政要員の数は約五千人にも達したようです。これらの軍政要員たちによって、米軍が沖縄本島へ上陸してからわずか一か月の間に、一二万六千人もの地元住民が保護、管理されたのでした。

仮に、もしも米軍に住民の世話をする軍政要員がまったくついていなかったとしたら、いったい沖縄住民の戦死傷者はどれだけの数にのぼったろうか、正直のところ戦慄を禁じ得ません。こうして沖縄戦では現地守備軍によってではなく、逆に敵兵に命を助けられた住民の数が非常に多く、戦後三七年を経た今も、日本守備軍の残虐さと米兵の親切さが対比的に語られたほどなのです。

そして沖縄米軍基地により、沖縄一中鉄血勤皇隊らは、終戦で次の数字で発表された。

沖縄師範学校の師範鉄血勤皇隊の動員数、三八六人で戦死数二二四人、また、一中鉄血勤皇隊の通信隊は、三七一人で、戦死者は二一〇人であった。ほかの十の鉄血勤皇隊を合わせると、勤皇隊数の動員は、一七八〇人で死者は、八九〇人であった。死亡率50・09%であった。

このような驚くべき数字であった。

鉄血勤皇隊がいかに多かったことを物語っている。

大田氏は、次のように書いている。

世界じゅうの人々は、みんな同じ人間です。ですから、わたしたちが戦争をいやがるのと同じように、ほとんどすべての民族が、またほとんどすべての人間が、他人の生命をほろぼしてしまう戦争を、いやな、恐ろしいものと考え、戦争のない平和な暮らしを求めています。平和でなければ、人間としての生活にふさわしい生き方はできないからです。

それにもかかわらず、どうして国と国とが対立したり、人間が敵と味方に分かれて憎み合い、あげくは集団で、組織的に、傷付け合い、殺し合う戦争なんかをやるのでしょうか。

たとえ、戦争に勝ったとしても、また負けたとしても、どちらの側もいやしようもないほどの深い傷を負います。また、家や財産を破壊《はかい》されるだけでなく、大事な大事な肉親を死に目にあいやらなければならず、戦争からこうむる損害は、それこそ、はかりしれないほど大変なものですから……。

六、前田義徳会長の沖縄訪問

川平朝清会長とＮＨＫ前田義徳会長

昭和四十三年七月、ＮＨＫ前田義徳会長の沖縄視察で那覇《なはし》市琉球東急ホテルでは、一万人が集まった。日米琉諮問委員会日本政府代表・高瀬侍郎、沖縄テレビ・ラジオ沖縄社長、当間重剛、アメリカの民政官、カーペンター等が集まった。

翌日、ランパート高等弁務官と会談し、午後は、ゴルフをした。

前田氏は、沖縄の将来について語り、行く末は皆さんの若い努力に依って発展すると述べ、沖縄の私たちに希望を与えてくれた。

沖縄の返還で、沖縄放送協会川平朝清会長の案内で建設中の建物等を見学した。

前田義徳は日本の北端の北海道生まれなのに、なぜなのか、日本の南端の沖縄と関係が深かった。

昭和三十八年、前田は藤根井和夫と共に沖縄に出かけた。昭和二十年以来、日本放送協会沖縄放送局の職員の処遇についての残務整理が残っていたからであり、退職金の支給や慰霊碑の建立などを行い、NHK沖縄放送局が放送を停止してから、手をつけていなかったさまざまな問題に一応の決着をつけた。

琉球政府の首席が前田会長に直接頼み、前田会長はこの依頼に応じ、予算的にみてもかなり多くの出費なのに、公共放送局を沖縄に設置した。

前田は吉田行範に実務をまかせ、自らも沖縄に何度か出かけていき、沖縄駐留のアメリカ軍などと交渉し、積極的に進行した。

沖縄放送協会が後日、NHKになった。その言葉が述べられている。

思えば昭和三十九年、本土—沖縄間のマイクロ回線が実現し、沖縄の皆さまのご要望に応えてNHKのニュースや東京オリンピック放送などが初めて沖縄に流れて以来私ども公共放送にたずさわるものはいささかなりとも沖縄の皆さまのお役に立ちたいと強く念願して参りました。そして昭和四十二年末の先島地区での開局に引きつづき今日ここに、沖縄全体を対象としてテレビジョン放送をお送りする放送センターが完成したわけであります。既にOHKの開局以来、本土と沖縄は同時に結ばれ、OHKを通じて、NHK番組の全体的なネット放送という画期的なときを迎えていました。

今や放送は全世界に於てその国の文化の向上と社会の福祉の増進に多大の貢献をしており放送のもつ意義はきわめて大きいものがあります。OHKの果す役割は沖縄の皆さま一人ひとりに支えられて今後、一層その重要性を増すものと考えられますが、私はこのテレビ塔から放送される番組が真に沖縄の地域社会の要請にこたえるものであり、皆さまの福祉に役立ちその文化の発展に寄与するものであることを願ってやみません。(昭和四十四年四月)

前田氏は、NHKを退職して沖縄海洋博を引き受けた。そのときのようすを、昭和四十九年十二月、語っている。

前田会長とアンガー高等弁務官

「私は半世紀近く世界じゅうを放浪して歩いているんだけれども、あの本部《もとぶ》（海洋博）の海岸というのは、例えば日本でもだれでも知っているメキシコのアカプルコとか、それから地中海のスペインとか、夏に冬にと世界じゅうの人が行くいろいろな場所がたくさんありますが、その美しさにおいて、それから環境の雄大さにおいて、沖縄の本部というのは、世界最高じゃないかと私は思っています。

おそらくメキシコ人が来ても、あるいはスペイン人、イタリア人、フランス人が来ても、すばらしいところだということがわかると思いますね。そういう意味でも私はどうしても成功させたい。」

この対談において、沖縄に政治的支配者が発生したのは一二〇〇年代であり、そのころからヨーロッパ大陸から続々と極東や日本にやってきたという独特の歴史観を述べている。日本からの遣唐使、遣隋使も沖縄を通ったと思うし、ヨーロッパから日本に来る場合も沖縄が目標の一つだと思うという。だから那覇には長崎よりも古い歴史をもつオランダ坂もあるのだと説明していた。そして、前田は自分自身と沖縄との最初の出会いを、次のように振り返っていた。

「私は、沖縄とは、戦後非常な関係をもっているんです。というのは、昭和三十二年報道代表として沖縄視察によばれたとき、日本人の数名をアドバイザーとして、沖縄の軍政の改革のために意見を求めたいというんで、私はその中の一人として行ったことがあるんです。」

沖縄初代高等弁務官ムーア中将は識者を沖縄に招いて意見を聞いた。前田もその一員でスミス中将の軍用機で送迎され、リムニッツァ総司令官らと会議をした。

「行ってみますと、沖縄の基地というのに、日本人は一人も使ってないんです。すべて台湾人とフィリピン人です。それでいくつかのアドバイスをしたんですが、第一にしたことは、アメリカは最後の土壇場で沖縄の人たちの強い抵抗を受けたので、不信感をもち、怖がっているのだろう。だから、アメリカ軍は沖縄人を使わないのだろう。しかし、本当にアメリカが基地の安全を考えるなら、この使う人を全部日本人にかえるべきだ。とりわけいちばん犠牲を払った沖縄の日本人に置き換えるべきだといった。彼らはそれをやったんですよ。二年ぐらいかかりましたけどね。」

そういう戦後のかかわり合いを通じて、前田は沖縄に非常に愛着をもっていた。

昭和二十九年、日仏協会でオペラを日本に招待することが決まった。三十一年には、第一回、イタリア歌劇団が来日し、東京、大阪等で上演した。これは、前田氏の大変な努力が成功し、人気が大変である。昭和四十八年九月、七回目がイタリア歌劇団「アイーダ」を上演したときに、私の山形転勤が一緒になった。ＮＨＫホールでお会いし、そのとき、前田さんは父の墓を山形から北海道に移したと語られた。

また、君の将来を楽しみにしていると励ましてくれた。

第二章　沖縄の放送史

一、初めて流れるＮＨＫ放送

「テレビが見られるようになり胸がいっぱいです。私たちはこのテレビを活用して、立派な日本人になります」

昨年の十二月二十二日の沖縄放送協会（ＯＨＫ）宮古放送局開局式典で、児童代表は喜びをこのように述べた。会場には、アンガー高等弁務官、八木総理府副長官らが出席、佐藤総理大臣、前田ＮＨＫ会長のあいさつも、フィルムで流された。この模様は、実況中継され、茶の間ではテレビにかじりつき、全島をあげて、この画期的な瞬間に拍手や歓声がわき起った。翌二十三日、日の丸の小旗や「テレビありがとう、日本復帰ができたらなあ」などのプラカードを掲げての学童の祝賀パレードのうちに、八重山放送局（石垣島）も開局した。

この鹿児島から一千キロ離れた日本最南端の宮古、八重山群島の空に初めてＮＨＫテレビの電波が飛び、人々は新しい文化の恩恵を、実感としてかみしめている。

番組はすべて沖縄本島でビデオテープにとり空輸しているので、朝七時のＮＨＫニュースは、正午のニュースとして、正午のＮＨＫニュースは、夜七時のニュースとして放送される。昼と夜の約五時間、ＮＨＫのテレビ番組に、島中のほとんど全部の目が集まっている。

宮古では人口七万、戸数一万四千のうち受像機五〜六千台が、また八重山では人口五万三千、約一万一千世帯のうち四千台が備えつけられたといわれ、すでに普及率は40％以上。島の人たちのテレビに対する激しいあこがれがはっきりと表れている。また沖縄本島に八年、本土に十数年遅れて、やっと宿題がかなったという喜びの表れでもある。

二、公共放送　沖縄放送協会の発足

先島（宮古、八重山）にテレビ局を設置する構想がもちあがったのは、昭和四十年の八月。佐藤総理大臣が、沖縄を訪問した際、宮古島や石垣島の子どもたちからテレビを見たいと訴えられ、実現したもので、日本政府の七億円に及ぶ援助で建設された。昭和四十二年九月十三日琉球立法院で、可決成立した放送法によると、沖縄における放送事業は、公共放送と商業放送の二本だてとなり、新しく設立する公共放送は、特殊法人で「沖縄放送協会」（ＯＨＫ）と呼ばれ十月二日設立登記。ＯＨＫは琉球政府の出資によって設立され、当初は政府からの借入金で運営されるが、将来受信料によって、財政がまかなわれる。そして難視聴地域をなくし、ラジオテレビとも沖縄全域で受信できるよう放送すること、教育放送の拡充、番組の質の向上をあげている。沖縄の放送制度も本土とほとんど同じ法体系になったわけである。

　現在、沖縄放送協会（ＯＨＫ）のスタッフは、全部で四八人、地元の「琉球放送」や「沖縄テレビ」「電電公社」の出身者が多く、会長の川平朝清氏は琉球放送出身である。本部事務所には一三人の経営陣、総務、編成部門の幹部がいるほか、先島の放送局にはアナウンサー各一名編成、放送、制作、技術をかねて、宮古には計一七人、八重山には一八人がいる。昨年四月、八人がＮＨＫの中央研修所で技術の研修を受け、十月には一〇人が、制作、運行、報道、アナウンスの研修を受けている。経験者も未経験者もまじって、失敗もたまにはあるが、ともかく公共放送の電波のにない手として、みんなフロンティア精神に燃えて、毎日張り切っている。

現在、琉球政府が管理する商業放送は、「琉球放送」（ＲＢＣ、ラジオ・テレビの兼営）、「沖縄テレビ」（ＯＴＶ）、「ラジオ沖縄」（ＲＯＫ）の三社になっている。アメリカ側の管理する放送局を加えて結局沖縄にはラジオ七波（日本語三波）、テレビ三波（日本語二波）が存在することになる。

三、沖縄の電波行政とマイクロ事情

沖縄地域は、現在、平和条約第三条によって、行政、立法、および司法上の権利は、アメリカ合衆国の有するところとなっており、したがってＮＨＫの放送局も置局されていない。琉球政府の「電波法」第五条には、「琉球に本籍を有しないもの。外国の法人又は団体」には、無線局の免許を与えないと書いてある。それればかりではない。「電波法」をさらに拘束する布令がある。米国民政府布令第一二八号「通信事業」というもので、その第一条に「無線局の免許の発給、変更または更新の申請は、琉球政府がこれについて処理をとる前に、高等弁務官に提出し、その承認を得るものとする。無線局の免許は、いつでも再審査することができ、また、高等弁務官の承認もしくは、指示によって取消すことができる」と書いてある。それに周波数の割あて権限も、米国民政府が握っている。

こうした実情のなかで、沖縄の人々は、十分満たされているわけでなく、本土の放送を聴視したいという要望は極めて強い。オリンピック東京大会を見たいという願いが頂点に達した昭和三十九年ついに本土─沖縄間のマイクロウエーブ回線が実現した。NHKニュースの画像が、初めて、はるばる海を渡って沖縄に流れてきた瞬間、人々は、涙をおさえることができなかったという。東京オリンピックはラジオ・テレビとも同時中継を行い、画期的な放送となった。

電波は地理的障害を瞬時に克服してしまい、沖縄の人たちの意識や行動にも大きな影響を与えている。マイクロ回線の開通前には、「政府は……」といえば、琉球政府のことを意味し、日本政府のことを指すためにのみ「日本政府」とか「本土政府」といえばよかった。それがNHKの同時ニュースが「政府は……」といえば、それは、もはや琉球政府ではなく日本政府のことであり、沖縄の人たちは頭の切替えをしなければならない。この人々の思想が、本土との一体感を推し進めることにもなろう。

四、生まれつつある「支払いの義務」

さて、NHK番組の提供は、どう行われているか。テレビについては同時中継、那覇の収録所で収録、鹿児島収録、鹿児島発、キネコフィルムなどの渡し、などの方法によっている。ラジオについては、同時中継、那覇収録所で収録テープ渡しとなっている。

一週間にしてNHK番組は、テレビが一〇三本、一日に平均すると四時間二六分、ラジオでは八三本、一八時間五五分、一日平均二時間四二分になっておりRBC、OTV極東放送に提供されている。

なお、前述した宮古、八重山の放送局は、テレビのみであるが「スタジオ102」「歌のグランドショー」「時の動き」など、一週間に九七本、三五時間三〇分、一日平均五時間五分の番組が、全部那覇の収録所でビデオテープに収録した上、空輸し、放送されている。

沖縄でのテレビ・ラジオの普及は、めざましく、沖縄本島では、人口約八六万、世帯数約一八万六千、テレビ台数は、約一五万二千台で普及率は約82％。このほか、外人が所有するセットが約一万台あると推定される。ラジオは二五万五千台くらいといわれている。カラーテレビは現在、五十台ほど売られているということである。

沖縄放送協会では、那覇に放送局を建設し沖縄本島で放送を開始する時期を、来年の一月と予定しているが、それ以降受信料を徴収する。本土の場合、公共放送＝受信料という観念が固定化しているが、沖縄の場合は商業放送しかなかったので、放送はタダという考え方が、ゆきわたっており、徴収には不安も予想される。しかし、昨年成立した放送法によると、「協会の放送を受信することのできる受信設備を設置したものは、協会に受信料を支払わなければならない」と書かれており、本土の放送法による契約の義務制から一歩すすんで、支払いの義務をうたっている。「テレビ・ラジオの受信料徴収は、新たな税金で、重税に苦しむ住民の負担はいっそう大きくなる」と拒否運動もないではないが、受信料について東大新聞研究所の調査によると、払ってもよいというのが本島で57・9％、先島で75％いる。

この結果からわかることは、今まで住民は商業放送に満足していなく、公共放送にかける期待の大きいことを物語っている。

五、電波による本土との一体感

放送局をもたないNHKでは、番組提供以外にも「青年の主張」「のど自慢」「学校音楽コンクール」など沖縄地方大会を開催、また放送教育研究会も組織し、研究大会を行い、本土との一体化を図っている。全国大会で入賞する人の数も年ごとに増えている。

またマイクロ下り回線によって本土の事情が即刻沖縄に伝わるということは、一体感を強めることで、大きな意味がある。暮れの「NHK紅白歌合戦」も沖縄で同時放送され、わきにわいた。そのなかで、仲宗根美樹の登場のとき、司会の九重佑美子は「沖縄の皆さま、おまちどうさまでした」と紹介した。彼女が、沖縄まで放送されていることを知っていたかどうかはともかくとして、何げないこの一つの言葉が沖縄で見ている人たちをどんなに感激させたことか。

政治にたずさわる人々が記者会見で声明を発表したり、あるいは沖縄について無関心ではないと大声で宣伝することが、沖縄に対して、関心と理解をもっていることでは決してない。沖縄に対する温かい心遣いと沖縄の人たちが本土に対して抱いている複雑な感情を理解することが、最も重要なことであろう。その意味でも、沖縄についての本土側の無知をなくすために、本土のマスコミは沖縄事情を大いに紹介しなければならない。

上りのマイクロ回線が開通し、沖縄の事情が即刻本土に伝わる日が、一日も早いことを望みたい。

六、初めての公選主席の誕生

内外の報道陣など数百人が埋めつくし、身動きもとれない教育会館三階ホール。陣太鼓が高らかに打ち鳴らされ、ライトやフラッシュを浴びながら、人垣とマイクロホンの林をかきわけるように、屋良夫妻が姿を見せると、割れんばかりの拍手と歓声の渦。そのどよめきは、一段と高まり、ホールをゆさぶり紙ふぶきが乱れ飛んだ。

昭和四十三年十一月十一日、世界の注目のなかで、戦後二三年にしてやっと住民自らの手で選びだした初の行政主席、屋良朝苗氏誕生の瞬間である。壇上にあがった屋良氏は、静まるのを待って力強い口調で「私は、真に、沖縄の戦後を終らせる最後の主席になりたい」と歴史的な第一声をあげた。メガネの奥には、一つぶの光るものがはっきりと見られた。

この興奮のるつぼのなかで、NHKは、白黒とカラーの二台のオリコンカメラをすえ、白黒とカラーの二つのフィルムカメラをまわし、さらに、カラーポラ、デンスケでも取材した。視界はさえぎられ、マイクは飛ばされ混乱の連続であったが、本土向け飛行機の出発ぎりぎりまでねばった。この劇的な場面と第一声は、午後七時の全国ニュースで完全に放送することができた。

小選挙区制の選挙しか経験がない沖縄では、今度の大規模な選挙は何ごとも初めてのことばかりでマスコミを戸惑わせた。中央選挙管理委員会、警察本部なども開票集計の仕方や、選挙運動、事前運動などの解釈にしどろもどろで、「すべて安全第一」

毎日新聞の鈴木恒夫、朝日新聞の井川一久、筑紫哲也、
ＮＨＫの前田昭治

と逃げ腰であった。沖縄では主席候補者の「テレビ討論」は、テレビによる選挙運動放送の禁止事項にふれるとして、沖縄の民放はもとより本土の民放も屋良、西銘《にしめ》両氏に幾度も交渉をしたものの、すべて成立しなかった。一方、ＮＨＫは本土で放送するのには沖縄の選挙法には抵触しないという独特の法理論を展開して関係機関を納得させ、両氏にもまったく心配ないと安心させ、ついに「テレビ討論」を実現させたのである。その後ＮＨＫの成功に便乗して、おしかけた民放も数多くあったが、ほとんどうまくゆかなかった。またＮＨＫはこの番組を沖縄でも放送したため、今後の沖縄の選挙放送に一つの課題を残すことになった。

開票の日には地元テレビ局は朝から夜七時三〇分まで全番組を中止して開票速報を行ったため、この日ばかりは沖縄住民は仕事に手がつかなかった。NHKは東京と専用ラインを二本ひき、いずれもテレコール通話、カラー電送写真が自由に送受できるようにし、さらに特設スタジオを設け東京と直結させた。また臨時電話はデスクに三本、屋良、西銘陣営にもそれぞれひき、市内電話は東京専用ラインに入りこめるような工夫をこらした回線構成にした。そのため少人数の取材体制にもかかわらず、当確は本土ではいちばんはやくうつことができたし、屋良氏の当選初の電話対談は午後三時のニュースで本土では初めて全国に紹介することができた。当選が決まると、身内の人々のあいさつや本土の関係者からの電話による祝辞などで屋良氏は身動きもできない状態で、内外マスコミの出演申し出をすべて断っていた。その混乱のなかで屋良氏は外部との電話をきりあげ、NHKの要望にこたえてくれ電話対談は成功したのであるが、屋良氏がNHKの受話器をとったのは放送一分前であった。NHKはまさかその時間にできるとは思わなかったため、日琉の国際電話は申し込んでなかったが、市内電話を東京専用ラインにのせることで技術的に解決したのである。また、午後一〇時三〇分の特別番組でも、東京のインタビューに屋良氏が沖縄の特設スタジオから応答できた。

これら選挙に関連したＮＨＫニュースや番組は沖縄では、ほんの一部しか見られなかったが、今回のＮＨＫの選挙報道は正確な分析と判断、それに沖縄のことを温かく見つめての取材であったと現地では高く評価されている。これはＮＨＫの番組に対する信頼と期待がいかに大きいかを示すものであり、あちこちでもっとＮＨＫ番組を多く見たいという声が上がっている。

七、ＯＨＫ　那覇中央放送局の開局

今年の十二月二十二日、沖縄本島で沖縄放送協会（ＯＨＫ）はテレビ放送を開始する。これによってＮＨＫの番組は朝から夜中まで同時に流れることになる。これまで沖縄には商業放送しかなかったが、昨年沖縄で放送法が制定されたとき、沖縄全域をサービスエリアとする公共放送としてＯＨＫは新しく設立された。ＯＨＫは日本政府が援助して建設した宮古、八重山両放送局でまず放送を開始し、いま各々一日約六時間のＮＨＫ番組を送出している。

　暮れに放送を出すＯＨＫ放送センターは総工費約一三〇万ドルで、那覇市に近い豊《と》見《み》城《ぐすく》の高台に建設中である。ここの敷地面積は一万四七六四平方メートル。現在高さ一六五メートルの鉄塔（海抜は六八メートルなので合計の高さは、二三三メートルになり沖縄ではいちばん高い塔になる）、鉄筋コンクリート地下一階地上二階（一部三階）の本館（延べ一八〇〇平方メートル）と放送所（地上二階、一四〇平方メートル）を突貫工事で建設している。日増しに高くなる鉄塔や建物を見て、米軍の施設がまたできているという人もいるくらい立派である。普通の放送局施設の工事は一年は十分かかるが、ＯＨＫの場合放送法の立法が予定より遅れ、予算や放送免許の都合でどうしても、年内に電波を出さなくてはならないため、工事はすべてが日割りで昼夜兼行である。この建物の中に入る約一〇〇万ドル（三億五千万円）にのぼる放送設備は、特別立法によってＮＨＫがＯＨＫに対して、無償で貸しつけることになっており、この七月、ＮＨＫ前田会長は、沖縄を訪れてこの調印を行った。すでに放送所内の放送設備のとりつけも終わり、新しい日琉マイクロ回線の増設も済んでおり、まずこの放送所で、放送を開始する。

来年の四月には放送センターの本館が完成するが、ここには、九九平方メートルのスタジオもあり、本格的な番組制作も可能となる。

番組編成については総合テレビと教育テレビをまぜて放送するが、始めは一日一二時間（相撲などのある場合は一四時間位、土・日曜については一八時間）を予定している。朝七時のニュースから始まり午前一〇時まで総合テレビを、午前一〇時から一二時まで教育テレビの学校放送、正午のニュースから一時まで総合テレビ、午後五時三〇分から総合テレビをとるが六時三〇分のところは教育テレビの「みんなの科学」をとり、放送は、一一時過ぎごろで終わる。

朝の「カメラリポート」のところは、「きょうの健康」をVTRで撮ってうめる、などである。

OHK職員はいま放送開始を前にして最後の腕を磨いている。昨年はNHKでOHK職員二十人近くが研修を受けており、今年は八月から制作二、技術六、編成二、報道六、アナウンサー四、美術・現像・営業・経理それぞれ一、合計二四人が研修中である。今年の七月OHKは初めて職員を公募したが、なんと七百人もの応募者があり沖縄での記録をつくった。中には、現在かなり恵まれたところに就職している人も多く含まれていたといわれ、沖縄の多くの人々がOHKの将来の発展にいかに期待しているかがうかがわれる。

現在、OHKには、会長・副会長・幹事・理事のほか、編成局に三六人、技術局に二五人、業務局に二八人、先島に二五人、合計一一四人おり、放送開始を目前にして公共放送の使命の重大さを模索している。

八、受像機と受信料の問題

OHKの電波は映像が九七・二五（日本二チャンネル）、音声一〇一・七五メガサイクル、出力五キロワットで放送される。ところがここで、やっかいな問題が生じた。現在、沖縄にあるテレビ受像機約一六万台のうち十万台はこのOHKの電波をキャッチすることができず、受像機の一部を改装しないかぎり聴視できない。これは、現在民放二社と米軍放送のいずれもアメリカ式のチャンネル配分だが、OHKは日本式を採用したため生じたものである。この改装費は三ドルから五ドルを要するが、十二月二十日までは全額ＯＨＫが負担することになっており、いま販売店や修理店が中心になって改装を行っている。

「紅白歌合戦」は、沖縄でも大変な人気であるが、今年から民放への提供はやめＯＨＫのみから放送されるので、「紅白」を見たい人は、受像機の改装をしなければならないことになった。こんなこともあって改装は順調には進んでいるが、受信料によって運営されるＯＨＫにとっては、改装しないテレビからは、受信料がとれないため、この暮れまでにどれだけ改装できるか気をもんでいる。受信料は来年一月から一台につき八〇セント徴収するが、これまで沖縄では、受信料制度がなかったため、実際に受信機が改装されても受信料をとる場合、そのむずかしさが予想される。また、改装すれば受信料をとられるという理由で、改装そのものを断る家庭もあるといわれ、ＯＨＫの行く手は困難な問題が山積している。

九、沖縄の夜明け

極東最大のアメリカ軍基地のある沖縄で、基地反対・即時無条件復帰を主張する新主席が誕生したことは、今後の沖縄の行方ばかりでなく一九七〇年の安保条約更改年を迎える日米関係に至るまで大きな影響を与えるだろう。また、復帰体制づくりを進める上で、本土政府の打ち出している「一体化政策」にどのように対処していくかも大きな課題であり、来年予想される沖縄返還をめぐる日米会談を前に、沖縄問題は再び内外に大きくアピールされるだろう。ともあれ沖縄住民は、いま自分たちの手で新しい主席を選び、「苦節二三年、ついに沖縄の夜明けが来た」といっている。

思えば、NHKは大東亜戦争もいよいよ激しくなった昭和十七年、初めて沖縄にラジオ局を置局した。当時は電力事情が悪く、ラジオ受信機は、二千といわれた。そして、昭和二十年三月放送局は閉鎖された。

それから、二三年。時代も変わりいよいよこの沖縄の隅々まで、コマーシャルのつかないNHKのテレビ番組がOHKの放送局を通して朝から夜中まで放送される。

戦後けばけばしく塗り変えられた商業主義になじめない多くの沖縄住民の感情は、公共放送に大きな期待を寄せており、特に教育放送への期待は大きい。

しかし、まだ白黒テレビ一波だけである。沖縄でも本土と同じようにカラーテレビを含んだテレビ二波、ラジオ二波、FM放送とすべてを享受したい。そればかりか本土に向かって沖縄の画像も送りたい。

こうなったときにこそ、本当に沖縄が日本であると認識できるような気がするのである。

十、沖縄の即時無条件付返還要求大会

――（NHK「スタジオ102」野村アナウンサー）まず簡単にコースを説明してもらいたいんですが。

この行進は沖縄の北の端、辺戸岬《へどみさき》を出発したわけです。辺戸岬というと、本土の南端、与論島《よろんとう》が見えるたった一つの地点なんです。今出ております地図で、いちばん北の方にあるのが辺戸岬でございます。行進団は東シナ海側と太平洋側の東西二つに分かれまして、沖縄本島を南の方に二〇〇キロ近い距離を進みまして、一三日間歩きつ

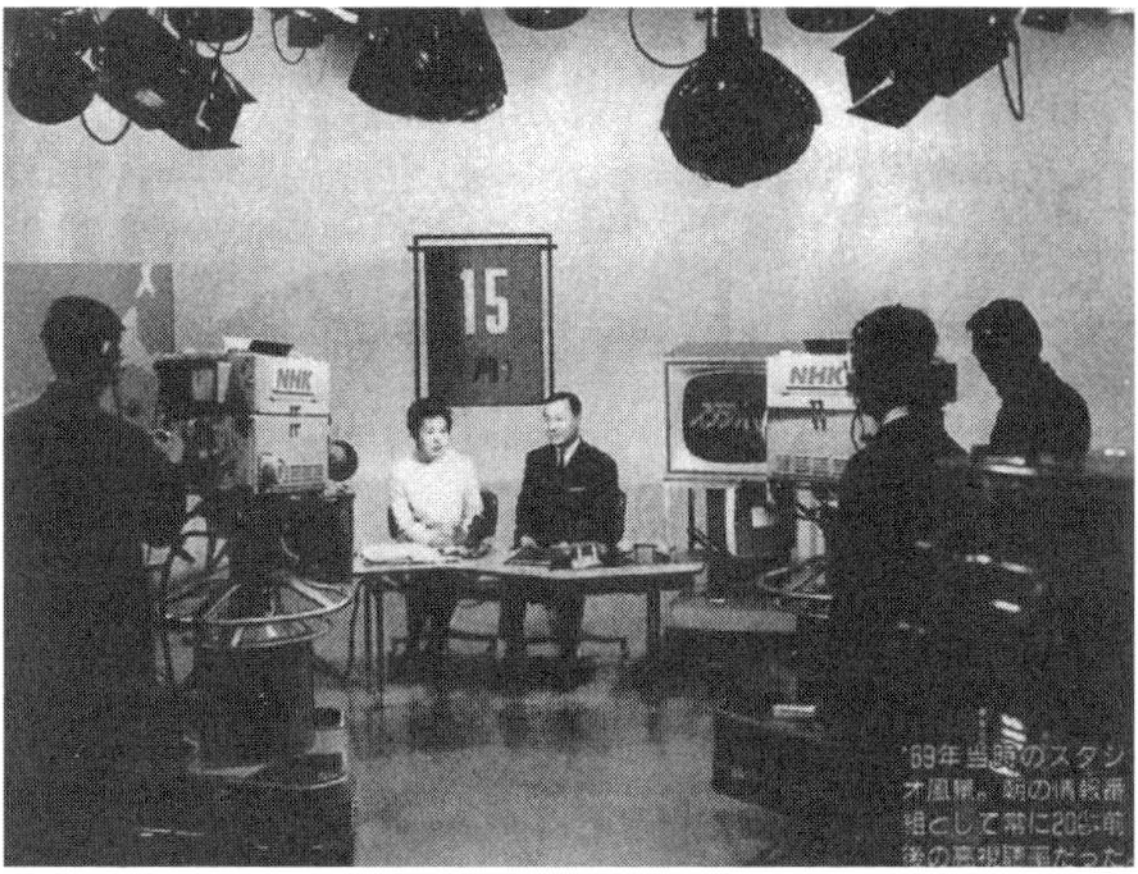

スタジオ102を放送

づけて、今日那覇に着いて総決起集会を開くことになっているわけです。

ちょうど34号台風がありましてね。強い雨や風にやっつけられましてね。ずぶぬれになって、そうかと思うと、沖縄はまだ暑いんですね。炎天下に汗を流して真っ黒に日焼けして、行進している姿は、ちょうど困難な立場に置かれた沖縄の姿を象徴しているようですね。その姿は単に感激ではなくて、厳しさを盛り上がってひしひしと感ずるものがありますね。

全島から選ばれたオルグとか、教職員、労働組合員ですね。それから農民、一般の住民とか地元の小・中学生も加わってますね。

NHK前田特派員

先頭に日の丸の旗を掲げて、沿道では子どもと老人、普段着の主婦が日の丸の小旗を振って「沖縄を返せ」という歌を歌っている。そういう姿を見ていますと、すごく日本を愛しているというんですか、日本に帰りたいという切実な気持ちがより若い人、男女を問わず、職業やイデオロギーを越えたわけですね。本当の人の素朴な願いだという感じがします。

小さな子どもたちが日の丸の小旗を振って、かわいい声で「沖縄を返せ」と歌っている。

入りこむエネルギーが全島にきている。この返還を希望するチャンスはこないかもしれない。この際、どうしても返還の確約

4・28 祖国復帰要求大行進（「写真に見る沖縄戦後史」沖縄タイムス社）

をとりつけなければならないんじゃないかという、そういうせっぱつまった気持ちが満ち溢れているように思いますね。

那覇の人口が二七万人ですから、東京に換算しますと七百万人ぐらいが集まるということになるとこれは想像できると思いますね。そのくらいまさに島ぐるみの返還要求であると。全島のすべての人々が帰りたいという希望をはっきりと意思表示をする日であると主催者側はそういうふうにいっていますね。

――ところでこのNHK「スタジオ102」でも沖縄に関する話題を連続して取り上げておりますけれど。この大集会をひらく意味はどんなふうに見たらよろしいですか？

これは先ほど申しますように、とにかく津々浦々、島ぐるみ、部落、市町村、子どもから大人まで、おじいさんからおばあさんまでというような、党派を越えて島のすべての人々の要求を佐藤総理大臣の訪米に向けて直接訴える。それから十一月五日、代表団が直訴状を持って、人々の本当の気持ちを訴えるという。二十万という、いわゆる九六万人の本当の気持ちが伝わるように意思表示をはっきりするためのデモンストレーションでもありますけどね。

——沖縄の人たちのお考えにはそのお仕事とか経歴によって微妙な多少の違いがある気がしますけれど。「即時返せ！」というこの気持ちには全島一丸という感じですね。

何もいわない人もおりますし、行進にも集会にも参加しないという人もいます。今度こそは返還の時期について約束をとりつけてほしいと、めどをたててほしいというのが沖縄の人たちのみんなの願いであると思いますね。

――昨日、沖縄問題懇談会が施政権返還の基本的な了解を得るとともに、ここ二、三年のうちに返還のめどを決めることが望ましいという中間報告を出してますが、これは現地ではどんなふうに受け取られていますか？

やはり沖縄の各界では不満が表れていますね。本土政府は沖縄返還について本当に誠意をもってやる気があるのかないのか、という疑問をもっている人たちがすでに出てきています。それである人によりますと、本土政府はこの際政治生命を賭けてでも交渉にあたるべきであって、今や国運を賭してでもやってほしいと強く訴える人もあるわけですね。

＊

佐藤総理大臣、ジョンソン大統領との会談で沖縄返還のめどをつけ、翌年には、佐藤、ニクソン会談が正式に決まった。

B52戦闘爆撃機の爆発事故、2・4ゼネスト、全軍事労の大量解雇など情勢のなかで、沖縄復帰の道を歩めた。

現在も、沖縄全体の面積の五分の一が軍事基地になっている。

アメリカ軍の軍人が五万五千人、軍属家族合わせ十万人住んでいる。

基地に働く人たちは、生活のために断固として反対できず、多くの矛盾がある。

沖縄は文字通り、日本国の名に値し、人々が真に「幸福」の幸福感を味わうためには、なお、厳しい前途が待っている。

第三章　テレビ放送時代

一、「スタジオ102」は大躍進

一九六〇年、テレビでは、「木島則夫モーニングショー」「小川宏ショー」が始まり、NHKでは、「スタジオ102」がスタートした。アナウンサーの野村泰治さんで始まり、私の担当は、沖縄時代付き合いのあった井川良久であった。

番組の担当は三六人で、一日六組で一チームになり、放送した。

毎日のニュースからは、天気、災害、音楽、火災等、多彩な出演者がいたが、記者やプロデューサーが少なかった。

インドのニューデリーで起きた日航機の墜落事故があり、これらの取材で、ボイスレコーダーの声紋分析により、重要な事故の原因がわかった。そのPD（プログラム・ディレクター）がNHK科学産部の安間総介であった。

私の「スタジオ102」の担当者として出演した「あすへの記録」「空白の一一〇秒」のその内容を安間氏に聞いた。

著者と安間総介氏

会話は、たくさんあるが、音が非常に悪いため、誰がいった言葉か、わからない。特に「パワー、パワー」は、調査委員会でも、誰がいったのかもわからなかった。これを、声紋分析で、明らかにした。言ったにしても、五十嵐機長か山本副操縦士しかない。どちらかということ。二人とも死亡している。生前の声を探したところ、山本副操縦士が歌をうたっている声のテープが見つかった。

生前の声とボイスレコーダーの声の母音の声紋を取り出し、比較してみたところ、車輪を下げる「ギア・ダウン」という言葉の「ア」の声紋がぴったり一致した。「ギア・ダウン」は、山本副操縦士が言ったことがわかった。「パワー、パワー」の「ワ」の声紋は、一致しないので、これは、五十嵐機長であることがわかる。

その後、「あすへの記録」「空白の一一〇秒」は、イタリア賞をもらい、その世界の一級の勝者であった。

二、木村太郎　NC9

世界じゅうをかける超音速で飛ぶ旅客機、「コンコルド」が大きな話題になった。英仏共同開発コンコルドが、日本まで飛ぶかもしれないことが話題になった。環境面でも、経済面でも持続可能な最大級であった。

この点に気がつき、科学の方法で放送が可能かどうか議論になり、未完の航空機にも関心があった。

ＮＨＫ社会部の木村太郎氏が同じことを考えていた。社会部記者と同意であること

超音速旅客機「コンコルド」

で、放送が可能になった。

マッハ2・2と通常の旅客機の2・6倍の早さで飛ぶ。今は約一一時間かかるサンフランシスコ—東京間を五時間半に短縮できる見込みだ。

英語の会話でなされるイギリス航空との細部を通して、機体の大きさや、機内の細かい配線等の成果等、非常によくできているのに驚かされ、放送の効果が上がった。

超音速機「コンコルド」の復活は、現地での騒音や中止で二〇年あまりで幕を閉じた。

NHK木村氏は、海外特派員のベイルートに三年、ジュネーブ三年、ワシントンを

木村太郎氏

経て帰ってきた。昭和五十七年から、六年間「ＮＣ９」のキャスターを担当した木村太郎氏は、これらの新しい業績によって国際舞台に躍り出た。

昭和六十年の日航ジャンボ機墜落事故には、記者会見場からの中継をとっさに押し止め、搭乗者名簿の紹介を優先させた。この水際立った機転は、「さすが社会部出身」と声価を高めた。視聴率は、15％突破し、その記念に、青木センター長がホテルに招待した。それには木村氏はじめ、多くの人たちにまじり、私も招待された。その後、木村氏はＮＨＫを退職し、フジテレビに出演している。

三、宮中晩餐会は初中継

ＮＨＫでは、初めて宮中晩餐会を中継することになった。
昭和四十九年は、前年のトイレットペーパーパニックによる混乱が続き、不況下に物価が上がるスタグフレーションになり、企業の倒産が相次ぎ、経済成長率は戦後初のマイナスとなった。この年、金脈問題で田中角栄首相が退陣、アメリカでは、ウォーターゲート事件でニクソン大統領が辞任した。副大統領から昇格したフォード大統領が現職大統領としては、初めて来日した。黒船来航で日米関係が始まって以来最初の出来事であった。

宮中晩餐会を中心としてニュースセンター特集が編成され、私も皇居中継のディレクターとなった。中継テレビカメラが初めて入る皇居はＮＨＫが代表取材した。前日に玄関での出迎えの場面のリハーサルが行われ、中継カメラの前に昭和天皇ご自身が来られた。侍従の説明で何歩進むかなど現場での練習が行われた。至近距離にいたＦＤ（フロア・ディレクター）の私は、ＰＤの「もっと前の位置まで出ないと映らな

昭和天皇、香淳皇后ご夫妻

い」という指示で、「もう少し前に進んでください」と叫んだ。天皇陛下は私のいうとおりよい按配に進まれたが、突如従者が私を、「直接指図をしないでください」と制した。陛下はいいじゃないかといった手ぶりをされていたが、私はただごとではないと思い直した。

晩餐会の豊明殿では、中継カメラは廊下に置いて室内を撮ることになっていたが、鴨居がじゃまして撮影不可能とわかり、カメラを本殿の中に入れることを申し入れた。新時代機器の聖域侵入を許可するか、その決定は宮内庁長官を超える次元となり数時間かかった。

結果は、カメラや照明は覆いで囲い美観を保つという条件で、宮殿公開の歴史的幕開けとなった。テレビ調整に若干手間どり、その間私は陛下と大統領が座る椅子にかわるがわる座り、映り具合の被写体になった。このようすを見ていた侍従が「天皇陛下の椅子に何回も座らないでください、これまで誰も座ったことがないんです」といった。私は、経験したことのないショックで、ただ謝るのみであった。後で聞いた話だが、国会議事堂では、陛下の椅子は、何かあったときに持ち出す最重要物となっていたという。

カメラの覆いも徹夜でできあがり、スタッフ全員が礼服白ネクタイで臨んだ宮中晩餐会初中継は、世界に同時生放送された。

この貴重な思い出は、美術でもあった。フランスのルーブル美術館の「モナリザ」。我が国で見せるために大々的な方法でモナリザの絵画を持ってきた。

私のテレビの放送は家庭でも親しまれたと思う。

四、あさま山荘事件は98％

連合赤軍の五人が長野県軽井沢の河合楽器寮〝あさま山荘〟に管理人の妻を人質にして立てこもったのが、世にいう〝あさま山荘事件〟。昭和四十七年二月十九日に発生、十日目の二十八日午前一〇時に機動隊が突入して、犯人を逮捕した。

私も、テレビ中継に派遣された。テレビの電源を最初に設置し、終わりまで動かなかった。

ＮＨＫは、近くにあさま山保養所があったので、スタッフ全体は八十人近くが動員

あさま山荘事件（朝日新聞社提供）

された。

中継車三台、テレビカメラ五台等、一〇〇〇ミリ望遠レンズ、遠隔操作等が加わった。

人質になった牟田さんが救出された二十八日、関東地区の視聴率は98％であった。その間、二〇八時間四五分、犯人五人と山荘を包囲した警察官との間で両者が神経をすりへらし、攻防戦が展開された。

その後の国会中継で、ＮＨＫ前田義徳会長は、このあさま山荘事件は、大いに世間を騒がしたけれども参議院の委員会では「一種の社会的災害であり、一人の女性の人質が生きて助かるかという問題から報道した」と答えている。

五、関東大震災は火災旋風

テレビ気象台は、さまざまな番組のなかで、注目されていた。

気象番組は、明日、傘を持っていくというイメージがあるが、実際には広い意味で見ると、冷害や、災害が大きな影響を与えていると思う。

私は「関東大震災」「冬の火災木」「樹氷」「天明危機」といったものをフィルムにつくり、高いハイビジョン番組になっている。

多くのかたがたが協力し、柳川喜郎氏の解説が目立った。

（柳川記者）　ここは東京墨田区の横網町公園ですね。関東大震災のとき三万八千人という最も多くの人的被害を出した元陸軍被服廠跡です。

今はこうして静かな公園、近所の人々の憩いの場所となってまして、向こうには犠牲者の慰霊堂が建っています。ただこちらの公園の片隅を見ますと、ここには当時の

柳川喜郎記者

火に焼かれて溶けてしまった釘の塊とかモーター、大変火のすさまじさを物語っていると思います。たった一か所の犠牲者三万八千人という、世界でもまれな災害を引き起こした火災旋風とは一体どういうものであったのか。証言と実験、研究で検証していきたいと思います。

——大正十二年九月一日午前一一時五八分、相模湾を震源とするマグニチュード7・9の地震が起き、南関東で一四万人が犠牲者となる大きな被害が出ました。

ちょうど火を使う昼食時と重なって、東京の市内だけでも一三六か所からほとんど同時に火災が発生し、燃え広がっていきました。激しい火の手に、消防もまさに焼け石に水です。どこも火に追われて逃げまどう人たちと、家財道具をいっぱいに積んだ大八車で大混乱となりました。

当時の本所区今の墨田区の人たち四万人は、続々と近くの元陸軍被服廠跡に避難しました。陸軍被服廠跡は六万六千平方メートル、後楽園のグランドの六倍の広さがあり、家財道具と共にここに逃げこんだ人たちはこれで安心とほっとしました。

そのときは、写真を撮る余裕もあったのです。

しかしそれも束の間、午後四時ごろ突然、恐ろしい火災旋風が襲ってきました。

被服廠跡はあっという間に火の海に包まれました。火災旋風は人々や家財道具を空中に巻き上げ、焼き尽くしました。その間、わずか二〇分間の出来事でした。犠牲者は三万八千人、奇跡的に助かったのはたったの二千人、二十人に一人でした。

（気象庁　三沢昌邦さん）　九月一日、東京は朝から強い雨が降りましたけれども、お昼ごろには上がって晴れ間が出てきておりました。これは一日六時の天気図ですが、八月二十六日に発生した台風が、九月一日六時には能登半島付近に進み、この時点での台風の強さは一〇〇〇ミリバール程度で非常に弱いものでした。午後四時には東北地方にさしかかっております。午後四時、関東地方では晴れまたは快晴になっております。不連続線が群馬県中部を通って南西に伸びておりまして、この不連続線の南側では南西または南の風になっております。

――気象学では竜巻は台風や不連続線、つまり前線の近くで発生しやすいといわれています。この日は近くに台風にともなった前線があったことから、当時の中央気象台の報告では前線にともなった現象という見方をしていました。

成蹊大学の相馬清二さんは長年にわたって火災旋風の研究に取り組んでいました。相馬さんは昭和二十年の和歌山市の空襲のときの火災を調べたところ前線が近くになかったのに火災旋風が起きている事実をつかみました。そこで火災そのものでも旋風が起きるのではないかと風洞を使って被服廠跡の火災を再現する実験をしたところ、確かに火災で旋風が起きることが実証されました。

（成蹊大学　相馬清二さん）　被服廠跡の旋風は台風や不連続線で発生したものではありません。あれは当時大火災がありまして、その大火災にともなって発生したいわば火災旋風というものであったわけです。当時火災はほうぼうに広がってましして広大な灰が燃えていたわけです。このへんが芝公園、このへんが亀戸、上野公園、皇居と。火災旋風はいたるところに発生しておりまして、大小合わせますと、約百個といわれております。とりわけ激しい旋風はこの隅田川沿いの本所被服廠跡に発生したということです。当時の資料や証言によりますと火災旋風は北から南に向かって回りながら進んでおります。ところがそのときの一般風向は南風でして、火災旋風は一般風向に逆らって進んでいたということになります。自然の竜巻というのは一般風向に流されて進むものです。

これは昭和五十三年二月のことですが、東京で竜巻が発生しまして、東西線電車が横転するという事故がありました。そのときの風向を調べてみますと、南風と、南から北に向かっております。そうしまして竜巻もこの風に流されまして南から北へ向かっております。自然の竜巻は一般風向に逆らって進むということは絶対にないといってもよいと思います。関東大震災のときの旋風は一般風向に逆らって進んでおります。こういうことは自然の竜巻では絶対にありえないことでして。これ一つだけ見ましてもこのとき発生した旋風は火災旋風ということがいえると思います。

（国立防災科学技術センター　広部良輔さん）　火災旋風が容易に発生することは消防庁の消防研究所の実験でも証明されています。今回の実験において、どういうときに火災旋風が発生したかと申しますと、時計と逆回りの方向にガイドをつけた場合。それともう一つは高さ一メートルより上に扇風機で風を送った場合。もう一つは円形の四分の一を削って周辺につかせた場合。この三つの場合に火災旋風が発生していま す。このことは一体どういうことかというと、地上すれすれに入ってくる風が回転力をもっていた場合。もう一つは地上は風がないけど上層部は風が吹いていた場合。最後は燃え方にむらがあった場合に火災旋風が容易に起こるということだと思います。火災旋風が起こった場合どのようなことがいえるのかというと、これは温度についての例なんですが、これが旋風の中心なんです。火災旋風が起きないときは、中心の温度が比較的低いのですが、この場合には地上一メートルで七〇〇度くらいになっている。このことは非常に重要なことでして、広域大火災に発展した場合には防ぎようがないと、火災旋風は必ず起きるといっていいわけです。

成蹊大学の相馬清二氏

（相馬清二さん）　大きな火災旋風が起きたという海外の例はあります。ハンブルク市の火災旋風です。これはハンブルク市の火災旋風の図です。米軍の大空襲で広い範囲が大火災になったと。特に火災の激しい地域が旋風となって回りだしたということです。規模が非常に大きくて、直径が約三キロ、高さが五千メートルにも達したといわれております。なお、そのときの旋風による被害者は四万人に達したといわれています。

ちょっと違った火災旋風がアメリカ北アイダホの山火事の場合に発生しております。ここで山火事が発生しまして、その風下に旋風が次から次へと下がってきたと。ここに火災を一八キロの範囲まで広げたという例があります。一点で火災が発生して火災域を広げていくという非常にこわい旋風の一つです。

北アイダホ州の火災旋風と同じタイプの旋風がアメリカのカリフォルニア州の石油基地で発生しております。その風下に火災旋風が発生したわけです。幸いにして周辺が原野だったものですから、被害はこの程度で済んだわけですが、もし周辺が密集市街地ですと、大変な被害にあっていたろうと思います。

(柳川記者)　東京は六〇年前に比べまして、極度に過密化が進んでいます。当時と比べて確かに木造の家の数は減ってますし、消防力もそれなりに強化されています。しかし、ガソリンという危険物を積んだ自動車の数一つを取り上げてみましても、当時は四八〇〇台、今では都内で三〇〇万台を超えています。そして、コンビナートといった大地震の洗礼を受けていない新しいものが増えていますし、石油製品の量にしましても当時とは比べものになりません。関東大震災のとき、発火の原因として問題となった薬品にしましても、その種類や量、その実態さえ把握できないほどに今は増えています。地震のときいちばん恐ろしいのは火災です。いったん火災旋風が発生しますと手のつけられない状態になりそうです。こういった事態を防ぐには、ただ一つの対策、それは火事を起こさないことです。

第四章　北陸報道に知恵

一、収納成績日本一

山形は、自然に恵まれていて、とてもよい景色であった。

酒田大火、放送教育全国大会、用水トンネル爆発事故、サクランボ輸入解禁など、いろいろな出来事を体験したのをはじめ、「東京からおばんです」が、放送文化基金賞を、「酒田大火からの報告」が、科学放送賞を、今年は、女声合唱組曲「紅花抄」が、芸術祭参加作品となり、全国放送された。

十二月十五日、山形放送局で、全局会議が開かれた。これは、受信契約の新規目標に、全国にさきがけて、達成したことに対する祝賀会でもあった。第一線で活躍し、功労のあった集金委託者全員が、拍手のなかで迎えられた。登壇したセールス・レインジャーたちは、「我々は、単なる集金員ではなく、ＮＨＫの代表と思って頑張っている」と決意を述べ、また、全職員は、一丸となって、営業対策に取り組んでいくことを誓い合った。

二、戦争の天才・石原莞爾

東京のＮＨＫスペシャル番組の村井氏から連絡があって、「石原莞爾《かんじ》」を書いたマーク・ゲインが山形に来ることがわかった。

この男が、従来からの重要な人物であることを知り、私の生き方に大きな部分を占めた。

あの一五年戦争で東條英機と鋭く対立し、東京裁判では「私が指揮すれば、勝っていた」と豪語した。

石原莞爾氏は、鶴岡市出身で満洲事変の首謀者で、その発端は「柳条湖事件」と呼ばれている。

氏は、「戦争の天才」といわれている人物であった。

指揮する日本の関東軍たった一万程度の兵で、近代装備を持つ二二万の張学良軍を、

石原莞爾氏

わずか三か月という短期間のうちに制圧し、日本の約三・五倍の広さがある満州全土を占領したからである。このことは世界じゅうをあっと驚かせ、石原は一躍、時の人となった。当時、世界の有力な政治家や軍人で、石原を知らない者はいなかった。

盧《ろ》溝《こう》橋《きょう》事件が起きると、支那事変の拡大をめざす東條英機と衝突した。石原氏はこの戦争に敗れて失脚した。

第二次世界大戦でもしミッドウェー海戦に敗北し、米軍による反攻が始まった昭和十七年の時点で、石原が指摘したように、戦線を一気に縮小し、マリアナ諸島に強靭な要塞を築いていたらどうなったであろうか。アメリカの補給線が伸び切り、今度は太平洋の広さにアメリカが苦しんだだろうことが容易に想像できる。

そのようにしてマリアナ諸島を死守することができたなら、日本全土がB29の航続距離に入ることはなかった。とすれば、東京をはじめとする日本じゅうの都市が空爆に晒《さら》されることはなく、広島と長崎に原子爆弾が投下されることもなかったであろう。そうなっていたら、歴史はどう変わっていたであろう。

これは一体どうしたことだ。世界の道義に訴えて世論を喚起すべき性質のものであろう。トルーマンの行為は第一級の戦犯だ。国の大統領ともあろう者が、かかる野蛮行為をあえてして、しかも少しも恥ずるところがない。

説得力のある石原莞爾が戦争を思いとどめる大きな山場がそこにあった。

アメリカの「シカゴ・サン」のマーク・ゲイン記者は、石原氏については、微笑ましい気持ちになっていったことがわかる。日本の敗因は、特高警察と憲兵隊の存在であった。

三、ケーシー高峰医事漫談

山村の豪雪地帯の最上町で演芸大会の知らせがあった。芸人のケーシー高峰とは、お笑い番組をとおしてたくさん世話になっていたので、彼の出演を非常に喜んだ。電話によると、飛行機の到着便は山形到着がなくなってしまい、仙台空港のみとなってしまった。

私は、仙台空港に行くことになり、五時間かけてタクシーを説得し、仙台までの長時間の旅が始まった。

ケーシー高峰の母方は、江戸時代から医者の家系であった。

五人兄弟の末子であったケーシーの、上の三人は医者になった。ケーシーは日本大学医学部に進んだが、医学から音楽に興味をもち始めた。芸術学部に編入し、お笑い芸の世界に身を置き、芸名を高めた。アメリカで放映されたＴＶドラマ「ベン・ケーシー」と、女優の高峰秀子の名を採ってケーシー高峰として売り出した。

著者とケーシー高峰氏

タクシーで会場に着き、白衣の姿で観衆を沸かせた。こんなときこそ笑いが必要であると観衆を魅了した。

四、今日も視聴者に支えられて

中央研修所が山形県放送部副部長、前田に与えられたテーマである。〈きょうのやまがた〉午後六時四〇分・月～金。

単なるニュース番組としてパターン化せず、生活情報も、娯楽的要素も、視聴者参加もあるといった、ローカル夕方の総合ワイド番組として親しまれている〈きょうの

山形時代の著者

やまがた〉ＰＤ、記者、カメラ、編集、アナ、技術、営業、局長室が、セクションの壁を越えて、一体となって番組づくりに取り組むため、特に協力体制、とりわけスタッフ間の綿密な話し合いが重要である。

メニューは、米沢市長選告示、スモン訴訟和解が、今日の柱。市長選は、両候補の第一声を、スモン訴訟は、記者リポートに関係者のインタビューをフィルムで入れる。そのほか、シンナー遊びの中高生補導、ガソリンスタンド荒らし、山形県の歌人斎藤茂吉遺品展など。

このように、取り上げる素材は多岐にわたっており、それが県民一人ひとりにどうかかわり、どのような影響があるかを解きほぐし、明らかにしていくことが最も大切なこととして、毎日取り組んでいる。

もう一つの特長は、地域の人々と心を通わせ、より強い結びつきをつくるよう心がけていることである。それが、六時四〇分の末尾に出る〝きょうのお客さま〟と〝きょうの川柳〟である。〝きょうのお客さま〟は、その日、放送局を訪れる見学者全員をポラ写真にとり、グループ名を書き込んで、ヒトクチコメントをつけて放送しているものであるが、自分の顔がテレビに映るという楽しみもあって、会館見学者も急増しており、今日も、幼稚園児から老人クラブまでの案内に、局長室は大忙しである。

「川柳」は、視聴者からの投稿を、毎日一句選んで紹介しているものであるが、新鮮なテレビ・デイリー川柳として人気があり、毎月、千句あまりが寄せられている。

午後七時、〈きょうのやまがた〉が終わると、今日の反省会と明日のメニューの打ち合わせである。テーブルの上には、取材先から贈られてきたリンゴが置かれていた。毎回のことながら、厳しい検討会であったが、視聴者からの心づくしに感謝の念を込めて、スタッフ一同、リンゴをほおばる。

〈おばんです〉（木）午後七時三〇分

山形局のテレビスタジオ

山形をより深く知り、視聴者と一体となってつくるローカル三〇分番組〈おばんです〉今日は、新婚さん二五組を山形局のスタジオに招いてのナマ放送である。数字表示のアナライザー装置を使った新婚さん診断番組。

午後五時三〇分、ＮＨＫも、新婚旅行のホテルのように新婚さんが、次々とチェックイン。この日ばかりは、ロビーも控え室もアテられるばかりのアツアツムード。「さっそくおうかがいいたします。あなたは、今、幸せですか？」アンサーチェッカーの表示がパタパタと数字を表し、「男87％〜女96％」七時五九分、テーマ音楽と共に終了。全員で記念撮影。後日、郵送することを約束し、記念品として、それぞれにペアの財布を渡し、お金がたまって、幸せになることを念じて、一人ずつにお礼を述べて、送り出す。

十二月十三日には、〈おばんです特集〉として、〝やまがた全市町村大集合〟を夜七時二七分から八時五五分まで、県民会館からナマ実況中継で放送する。これは全市町村の代表の参加によって、郷土を再発見し、最上川舟唄などの歌や踊りをまじえて構成する山形放送局テレビ開局二〇周年記念番組だ。

山形局では、この三月、ふだんスタジオではなかなか取り上げることのない五つの町村を訪れ、その場所から、毎朝、ナマ中継放送する移動放送局「おはようやまがた」を実施した。

これは、朝のローカル時間帯二〇分間を、ニュースや天気予報を含めた朝の〝ローカル総合ワイド〟として、いままでにない新鮮で、活力ある番組づくりを目指して、企画されたもの。住民とのふれあいのなかで、朝のあわただしい時間に、町や村を紹介し、ニュースや話題を、どのようにうまく組み合わせて、現場出ししていくか、初めての試みだけに、スタッフの間では連日、激論が続いた。

場所は、朝にふさわしい最上川堤防とか、郷土資料館、児童動物園など町が自慢す

山形局の中継車

るところが選ばれた。番組はまず、その町の朝の話題から始まった。日の出る六時過ぎ、ハンディカメラ・SV8000で町の最新のニュースを撮り、放送は、現場VTR出し。「今朝、○○さんのご長男が生まれました。おめでとうございます」と、その元気な赤ちゃんの顔を、会場の大きなビデオスクリーンに映し出すと、祝福の歓声が上がった。

県内のニュースでは、昨日から今日の出来事、今日の取材予定まで付け加えての親切な記者トークで伝えた。

会場には、早朝マラソンや早朝バレーボールの面々、新聞配達のおにいさん、登校前の子どもたち、警ら中のおまわりさんまで集まって、和気あいあいの「おはようやまがた」で、その町の朝が始まった。

期間中、雪や雨に会うなど厳しい自然条件のなかでの移動放送局であったが、泊まった宿に、激励や差し入れが届くなど、地域住民に支えられての五日間であった。

この温かいふれあいが、やがて北国にも春を呼ぶ。

五、酒田大火からの報告　科学放送賞

「NHK特集　酒田大火からの報告」が科学放送賞をもらったのは、昭和五十二年七月十五日、発表の授与は、科学放送振興協会、理事長、高柳健次郎であった。

「大火の状況を果敢にとらえ鎮火直後に専門家と協力して徹底的な現地調査と冷静な科学的分析を行い延焼原因と再建の方向を正確に指示している。

地方局の少ない人員資材にもかかわらず報道と科学とが見事に結集している。類似大火が東北地方には続発するおそれのあることを警告するため迅速に周知させたこと

ＮＨＫ山形放送局　スタッフメンバー

は高く評価される。

よって第十一回科学放送賞としてこれを賞します」

東京、霞が関ビルディングで開かれ、次のＮＨＫ山形放送局職員が出席した。

横尾哲夫（放送部長）、山田敏理（副部長）、前田昭治（ＰＤ）

森富士夫（編集）、木村昭雄（記者）、青島久資（カメラマン）以上六氏

前田は、次のような報告を行っている。

昨年、十月二十九日午後五時四〇分ごろ

出火。私たちが知ったのは、六時二〇分ごろであった。七時過ぎ、テレビ中継車が、山形局を出発した。酒田まで、三時間半かかる。到着するころには火が消え、スタッフはブツブツいって帰ってくるのではないかという心配は、完全にふっとび、なんと一一時間にわたって燃えつづけ、翌朝五時鎮火、戦後四番目の大火となった。

くすぶる焼け跡を歩けども歩けども瓦礫の山が続き、その規模の大きさにがく然とした。ビルも、骨組みを残して丸焼け、アーケードの鉄骨も、ぐにゃぐにゃになり無残な姿。こうした有様を見るにつけ、この科学技術の進歩した現代に、どうして、こんな大火があるのか、いや、あってよいのか。信じられない疑問を誰もがもつに違いない。何とかこれを科学的に解明し、これからの防災都市づくりを、みんなで考えなければいけない。この素朴な発想こそが、番組制作の発端である。

制作作業は、焼ける前の映画フィルムや写真を探すこと。火災のとき、NHK各局から応援にかけつけた二十人近いカメラマンが撮影した三万フィートに及ぶフィルムを見ることから始まった。たまたま以前放送した番組で撮った火元の映画館や街の貴重なフィルムも見つかったし、決死的撮影と思われる火炎が走る状態のシーンもあった。

続いて、分析をお願いした東京の学者グループ（東京大学講師、浅見潽一氏、防災都市計画研究所、平井邦彦氏ほか）と酒田で合流し、徹底的な現地調査を開始した。市役所、警察署、東北電力、電話局、そして消防署では、十数人の消防士から当時のようすを聞き出した。焼け跡では、住宅地図を片手に、一軒ずつ焼けた状態を調べ、メモし、樹木の燃え方で、火流の方向を記録した。また、郷土史家からは、酒田の火災の歴史と先人の知恵を聞いた。夜、行われたスタッフの総合分析会では、明け方まで激論が交わされた。

火流は、二つもあり、途中で、分流もできた。一軒焼け残った家があるが、これは、本流と分流の谷間に建っていた。火災の速度は通常の十分の一であり、これは、雨が延焼を遅らせた。

企画してから番組収録まで、わずか五日間。地方局としての厳しい条件のなかで、かくも密度の高い仕事を進め得たのは、まさに、我々が住んでいる土地、風土、そこに災害が起きたからであり、郷土の建設と発展の未来にかける情熱の将来の結果がエネルギーとなったであろう。

昭和五十一年十一月十一日（木）　午後七時三〇分〜午後八時放送
NHK特集　酒田大火からの報告
浅見澔一さん（東京大学講師）　木村記者
平井邦彦さん（防災都市計画研究所）　信田アナウンサー

〈燃える酒田市・避難する人々〉

アナ　十月二十九日午後五時四〇分ごろ、山形県酒田市の繁華街にある映画館グリーンハウスから出た火は、折からの強風にあおられ、燃え広がり、およそ一一時間にわたって町の中心部二二万五千平方メートルを焼き尽くし、翌三十日、午前五時前鎮火しました。

焼けた建物一七七四棟、焼け出された人九九四世帯三二八五人、被災地域は幅三〇〇メートル長さ八〇〇メートルにわたっており、焼失面積では戦後四番目の大火となりました。

繁華街の映画館から出た火事が、なぜこのような大火になったのか、これを防ぐことはできなかったのか、今回の大火は単に酒田市だけでなく、東北のほかの都市に対しても多くの教訓を含んでおります。

そこで今日は酒田市の大火を振り返りながら、防災都市づくりなどについて考えてみたいと思います。

それではまず初めに大火にあった酒田市がどんな町であったのか、それに火災当時の状況につきまして木村記者が報告いたします。

〈酒田市街、中町商店街〉

記者　大火のありました酒田市は、最上川の河口に広がる人口十万ほどの港町です。江戸時代から米の集散地として知られているところです。それで気象的な特徴を一言申しますと、海岸沿いに市街地があるということで風が強く、特にこれから冬場にかけましては、今度大火になったような風が吹くことはそんなに珍しいことではないんです。
ここに映ってますのが中町商店街です。ご覧のとおりアーケードをはさんで、両側に商店が立ち並び、酒田でいちばんにぎやかなところでした。それが今度の大火で一夜にして瓦礫の山に変わってしまいました。火災の恐ろしさを痛感した次第です。

ところで今度の火事を振り返ってみたいわけですが、私が現場にかけつけましたのは、火が出まして一五分後の六時過ぎでした。そのときは火元の映画館と隣りの病院が燃えてるだけでした。それでその時点で私はこんな大火になろうとは予想もできませんでした。しかし人間が立って歩けないような風が吹いておりまして、火災が風下の大沼デパートの方に行きましてですね、もしかすると大変な火事になるんじゃないかという不吉な予感がしたわけなんですけど、それが不幸にも現実となったんです。それで火が出た後、消防関係、警察関係あちこちに飛び火しまして、どこが燃えているのか、わからない状態がしばらく続いたわけなんです。それで私、取材してまして消防車のホースの水がですね、途中までいきますと霧のように広がりまして、思うように水をかけられない状態になりましてですね、私、長いこと記者やっておりますけど、消防がこんなに無力に感じたことは初めての経験でした。

アナ　さて今度は、この火がどのように広がっていったのか、火災の専門家のかたに分析していただきます。この大火を延焼中と延焼後二度にわたりまして調査された東京大学講師の浅見灣一さんです。

浅見先生は消防庁の元の予防部長で火事現場には一三万回行かれたそうですね。今回の大火はどういう具合に考えられますか？

浅見　そうですね、一三万件という火災に出たということは事実ですが、この火災を見て非常に特異な火災であるとまず感じました。そのうち三点ばかりあります。

まず第一に火災が発生した地点において、この大沼デパートの隣りのところから出火して非常に早くこの裏側へまわった火が一つ、大沼デパートへ入ってしまった火が一つ、そしてこの大沼デパートの中へまわった火は前方の家屋の上の方に火をまきちらしてしまった。後ろの方をまわった火はこのアーケード街を一挙に走って、いくつもの火災を同時に起こしてしまったということが第一点。

第二はこれが元になりまして火が二方向に広がっていったこと、第三は非常に風が強かったために、この風に引きずられて、そして両方から風が入ってきたために、あれほどの繁華街であり、あれほどの強い風でありながら、非常に変わった短冊形の燃え方をしたこと、この三点に尽きると思います。

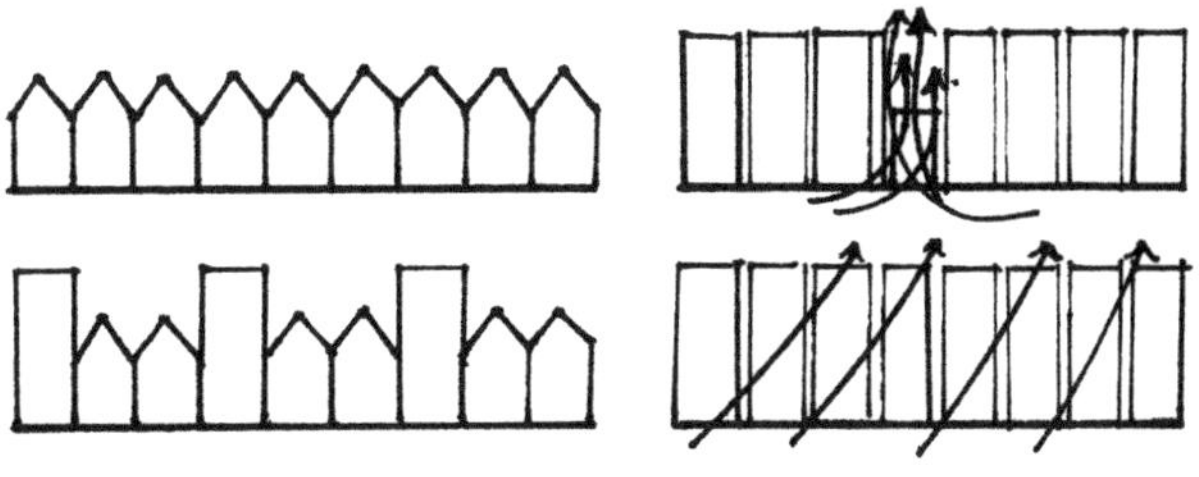

火災の図 -1

そしてこれをもう少し細かに申しますと、まず後ろへまわった火は、大沼デパートの裏に木造の家屋がありましたが、これへ入りまして、このアーケード街に入ったわけです。そうしますとアーケード街のアーケードの上の方、建物の上の方を点々として火をつけてしまった。ですから同時に数か所の火災が起きてしまった。

そしてそれがこの風によって下へ流れた。もう一つは大沼デパートに入った火が五階から飛び出しまして、裏側へ、表の方はきれいにできているんですが、裏手というものはとかくいろんな燃えやすいものがあるんですが、そこへ火が入ってしまって、裏側の方から火がついてしまった。それが消防隊が入りにくく、最初の初期消火に失敗した一つの原因になっているんですが、そういう二つの原因が重なりまして、一つは大風速にのる、もう一つは別な流れをつくった。そうしてこちら側の流れの通りの中に入ってっしまった、こういうことだと思います。

〈燃える前のグリーンハウス、大沼デパート、アーケード街〉

――それではその模様をですね。

浅見　そうですね、火元が出ましたね。あそこに二つ、屋根に息抜きがありますね。あれが大沼デパートの後ろ側へまわったり、デパートの中へ火が入る大きな原因をつくったものなんです。

――あそこから五階の窓に火が噴き出したわけです。

一つは五階の窓に入り、一つは後ろへまわる、こういう特異なもんだったわけですね。後ろへまわった火が、アーケードの上に入って、建物の二階の部分をすーっと先になめていった、こういうことですね。これは初期のころで、このころはまだ火は三〇度くらいで曲がっていますね、今だんだんかしいできました。普通ならば火災は四五度くらいの角度で煙が上がるんですが、今は三〇度くらいになっていますね。風が強いということをこれは示しています。

——大沼デパートの火が火炎放射器のように噴き出している。

今画面に出ているのが大沼デパートの窓から出てる火です。
これが横に走りまして、そしてデパートの中にあるたくさんの可燃物に火がついて、アーケード街の二階の部分に次から次へとこれが火を移していった。そしてその中へ火の粉がどんどん入っていった、こういうところですね。アーケードの二階の方に先に火が走っていって、アーケードの下側の方は後から燃えていったんですね。
消防のかける水のところにアーケードがじゃまして、死角がたくさんできた。非常にこれは大問題で、これは東北の火災の特異な例ですね。

〈道路を走る火の海〉

浅見　今映っているのが土壌を走って下側が燃えて、路上を走る火です。

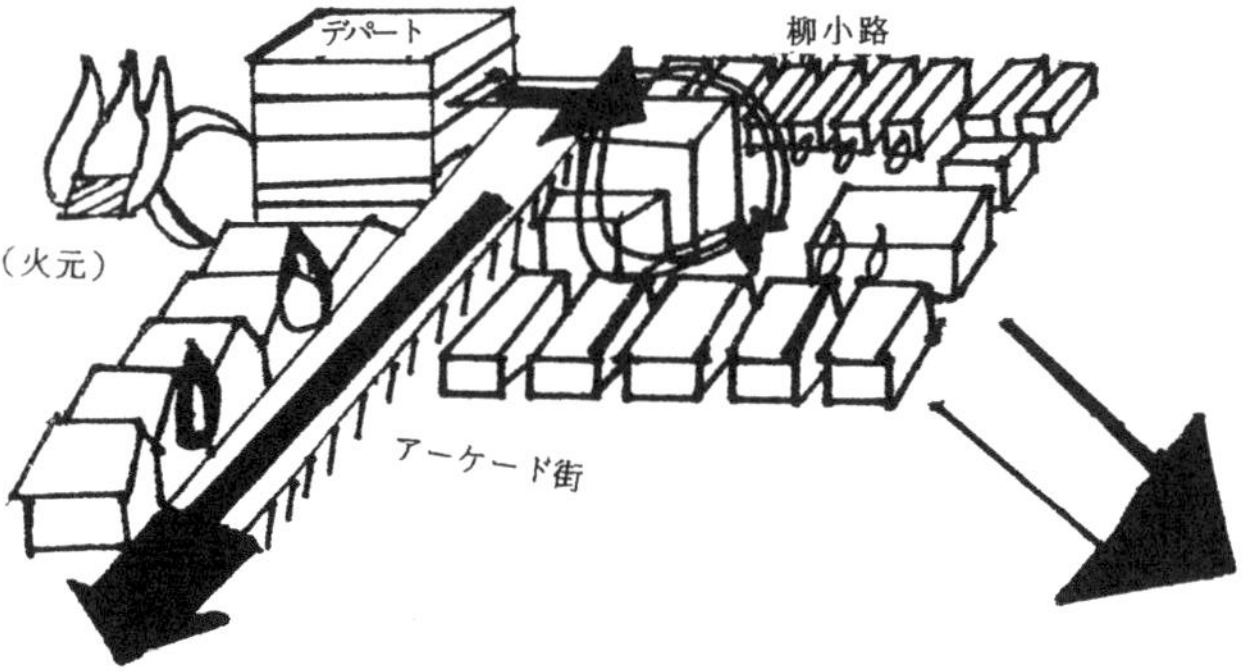

火災の図 -2

　こういうふうに吹雪のように火の流れができるわけですね。これなどは民家が燃えているんですけれども、まるで横にいっていますね。

　平素の火災ならば、上へ行く炎の熱と横の熱が一緒にいった、今画面で見えてるように上に上がっておりませんね、まったく横に流れております。

——これは新井田川のところですね、最後に火をくいとめた。

　これは新井田川のとこで、ちょうど近所の消防隊も飛びつけるし、水もあった、そして消防隊も苦心をしましたけれども、火の燃えてる方の面に最初に放列をしき、さらに今度は新井田川を挟ん

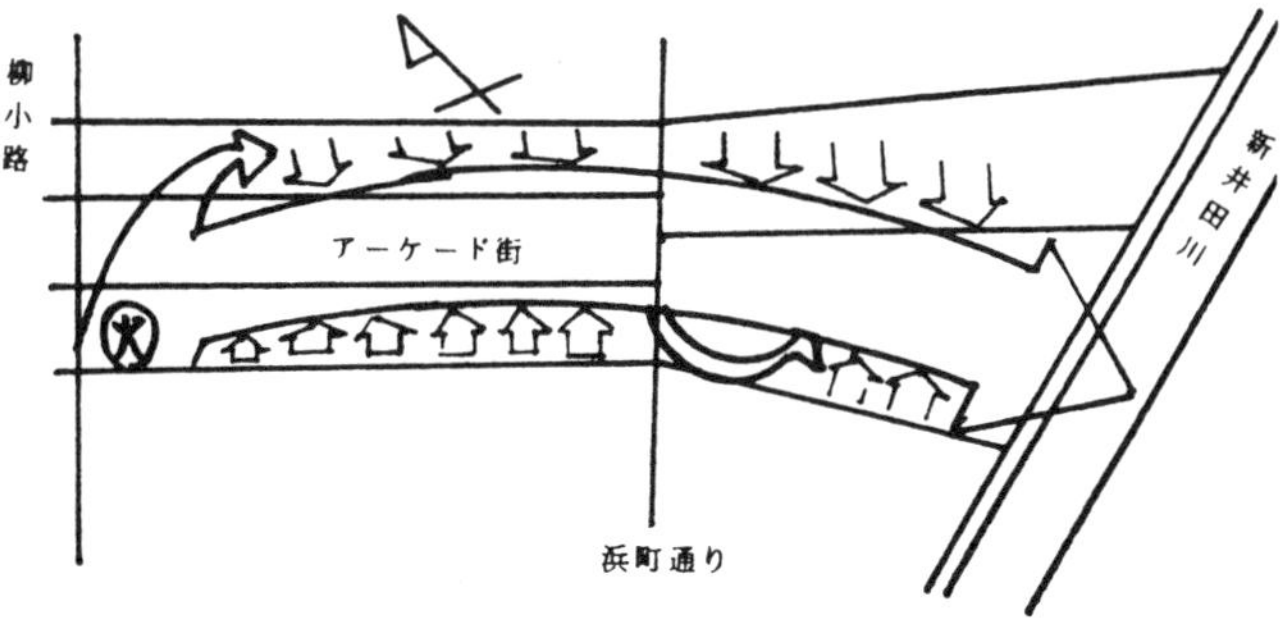

火災の図 -3

だ反対側の住宅街の方に火が移らないようにそちら側に部署して散水消防をやったわけです。

六時ごろこの駅を降りた消防隊員がおりますけど、これはもう酒田の駅が火がつくんではないかと大騒ぎがあるほど、こちらの方に火の粉が飛んでいる、ところが三〇分くらいして後から来た人は酒田の駅では全然火の粉を見ておりません。

三〇分くらい燃えたところで方向が変わってるわけです。先ほど申しましたようにこちらの方に流れた火はこういう枝をつくりましてこちらへ行った、それからアーケード街の方はこれを真っ直ぐ走った。したがってこれとこれの間が一つの火流になった。

――火の流れです。

火の流れをつくってしまった。私もずいぶん火災を見てますけど、こういう特異な短冊形に広がるのは非常に珍しいことです。しかしこれはいずれは風というのはここから上昇気流が起きますからそれによって巻き込まれて本流に入っております。

一方ここの時点で、風が起きた時点で、非常に雨が降っておりますから、この火事は、非常に時間をかけてここまで燃えてきてる、これは非常に時間がかかっています。そしてこの火が、この一つの道がですね、風を非常にはらんできたために、横の方からどんどん風を吸いこんでいったわけです。

そのためにこれが横に広がらずに風下に来たのです。

これは要するに火事場風です。火事場風で火がこういうふうにあがるもんですから、それでここへ吹っこんできた、この付近にちょっと高いところがありますね、愛宕山って、ここでもって火の粉がいったん上がってるんです。そしてこう下りたわけです。

そこには渦ができます。渦が起きますと、非常に火の流れが加速されますから、すーと火が走る。するとこの流れで、分流を起こしまして、ここに真空地帯のようなところが起きるんです。しかもここの流れは非常に緩慢なんです、流れ方が。分流ですから。そのためにこういうところに一軒だけぽっと残った家ができた。
これは不思議ではないんです。

——前の方に駐車場、空き地があったためではないかといわれていたんですが、それだけではないわけです。

それもまぁ否定はいたしません。否定はいたしませんが、この家がそう特別に耐火的な建物であるわけでもありませんし、それから窓が特別に丈夫にできておったわけでもありません。私はこのところを見まして、この家はこの風の流れの渦の中に偶然にして起きたいわゆる奇現象、そういう現象によって起きたもんだと判定いたしましたね。

——こうやって見てまいりますと、いわゆる耐火建築というのが、この火事でですね。みなこう焼け残されたような形で、火事を防ぐ上であまり意味がなかったように思えるんですが。

この高いのが耐火建築物です。これが普通の木造火災です。これならば平らにずっと燃えていくわけです。こういう風の中に耐火造りがたくさんありますとこれで流れが変わってくるわけです。それがこれなんです。

こういうふうに耐火造りがある中に木造がありますと、付近の風がここへ集まってきます。今まで一〇メートルで吹いていたものがこの付近では二〇メートルになる。あるいは三〇メートルになる。当日は三〇メートルのものが、あるいは五〇メートルになったかもしれません。ですからどうしてもこういう都市構造の上では、こういうものを作ることは適当ではないんであって、やはり建物は、あとで平井さんから話が出ると思いますが、やはり防火帯に使うんであるならば、頭を揃えなければ、こう思います。

——それから、今回の火事は非常に燃えるのが遅かったんですか。

火災が起きる直前は、非常に濡れてたわけですね。そうすると、火災というものは次の建物の湿度を乾燥させて、あたためて火がつく、こういう現象を辿るわけです。ところが建物全体が、町が濡れてますから、非常に遅いわけです。そしてわきから冷たい風が入ってくるもんですから、燃焼速度というものは非常に遅くて、このくらいの火災になるならば、普通我々が今までずいぶん火災を体験してきましたけど、一時間で燃えなきゃなんないところ、それが一一時間もかかっているということは、これは酒田の町のかたがたには大変気の毒ですけど同時に逃げる時間があったということであり、同時に荷物を持ち出す時間があった、こういうふうな別の利点も出てしまっているわけです。

〈これからの防災都市づくり〉

――さて今度は、この浅見先生のお話をふまえまして、防災都市づくり、一体どう行ったらよいのか、防災都市計画研究所の平井邦彦さんにお話をうかがいます。

平井さんも二回現地を視察されたそうなんですが、いったい火に強い都市というのは、一口にいうとどういう都市なんでしょうか。

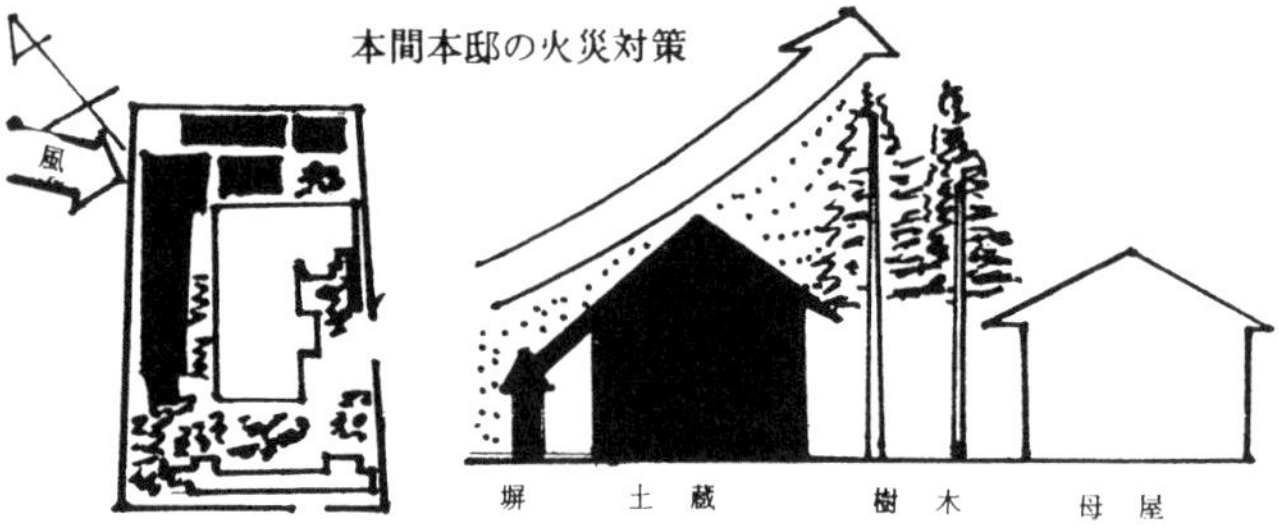

火災の図 -4

平井　そうですね、火に強い都市というのは、気象的には風の走りですね。火の粉とか熱風とか地面を這うことによって火災が拡大していくわけですから、そういう風を切るような都市構造でなくてはいけないわけです。で、気象的に日本海沿岸というのは、風が強いわけですからそれ自体を止めることはできないんですけど、地上一〇メートルですね、普通の木造家屋ですと二階建て以下くらいですけど、地上一〇メートル内外のところで、いかに風の走りを切っていくかということが非常に重要なわけです。

――今回の火災で何かそういう具体的な例はありましたか。

平井　本間本邸というのを見まして、昔の人の知恵には本当にびっくりしたわけです。

――木村さん、本間家というのは焼けなかったぎりぎりのところにありましたね。

記者　そうですね。ご存じのように日本一の大地主ということで知られているわけなんですけど、今から二百年ほど前にですね、三代目の本間光丘というかたが当時の幕府の巡遣使の宿舎、いわゆる迎賓館みたいな役割をもたせるために作ったものなんです。それで、私も現場へ行ってみたんですが、見れば見るほどすばらしいって感じがしますね。

平井　じゃ、ちょっと本間邸についてご説明したいと思うんですけど。本間家というのは、これは平面図なんですけど、こっちが西方向であって風はいつも西北の風が非常に強く吹くわけです。

そうした場合にどういう配慮がしてあるかといいますと、これが土堀なんですけど、こういう土で作った耐火建物がおおってあるわけなんです。その中に樹木を置きまして、その中に母屋を置いているわけなんです。こういう構造になってるわけです。これがどういう意味をもっているかということを断面で見たのがこの図面なんですけど、これで例えば、こちらから風が吹きまして火の粉が吹きつけたとしますと、まず最初に塀と土蔵で火の粉をブロックするわけです。その次に樹木を置きまして、火の粉を上に吹きあげてるわけです。それと同時にここで落ちてくる火の粉を、樹木で防御してるわけです。その向こうに母屋があって、この母屋というのは土蔵より低く作ってあるわけです。ですから二重にも三重にもこの母屋は防御されてるわけです。そういう非常に深い配慮がしてあるわけです。で、塀と土蔵もこうくっつけて作られてるわけです。

記者　それで燃える経路がですね、真っ直ぐ来た場合はどんなもんでしょうか。

平井　例えば、もう少し木の向こうにあったとした場合、ここに火がぶつかったとして、一つの火はまわっていくわけですね、もう一つ上にいく火は、こういった配慮で火がこないようにしてある。と同時に水をかけるという条件が入りますけど、水をかけてあれば相当やっぱりもったんではないか、大丈夫であったんではないかと思うわけなんです。

記者　本間家っていいますと大金持ち、大金持ちだからできたんじゃないかなという声も市民にあるようなんですけど。

平井　ですが、これは例えば一軒の家なんですけど、これを道路で囲まれた町だと考えれば、みんなで力を合わせれば、北と西にはそういう固いものを配置する、こういったところには木を植えていく、そしてふだんの生活に使うところは南と東を使う、こういう配慮を町ぐるみで進めていく必要があるんじゃないかと思うわけです。それともう一つ、木の効用について説明したいんですけど、いわゆる耐火建物というのは、飛んでくる火の粉とか熱風とかを止める力はないわけです。それ自体は燃えないかもしれませんが。ですけど木はですね、一枚一枚の葉っぱは小さいですけど、これがまとまってますから全部で受けてしまうわけです。で、強い風については、これがたわんで風そのものを弱くする。

それと同時に火の粉を葉っぱで受け止めて、後ろへ飛ぶ火の粉をなくしてしまうわけですね。樹木っていうのは防火的には非常に多目的な意味をもってくるわけです。

――一本の木でも相当防火上は意味がある。

平井　そうですね。一本の木というのは表面積は全部合わせると大きなビルよりもっと広いんじゃないかと思います。

――今、平井先生に火に強い都市というのをうかがったんですが、木村記者に説明していただきましょう。

記者　防災都市の計画案です。これは審議会で認められた一つのたたき台というふうに考えていただきたいと思うんです。

それでですね、焼け跡全体とその周辺地区を含めまして三十万平方メートルあまりというかなり大規模な事業になるわけなんです。ここに浜町通りというのがありまし

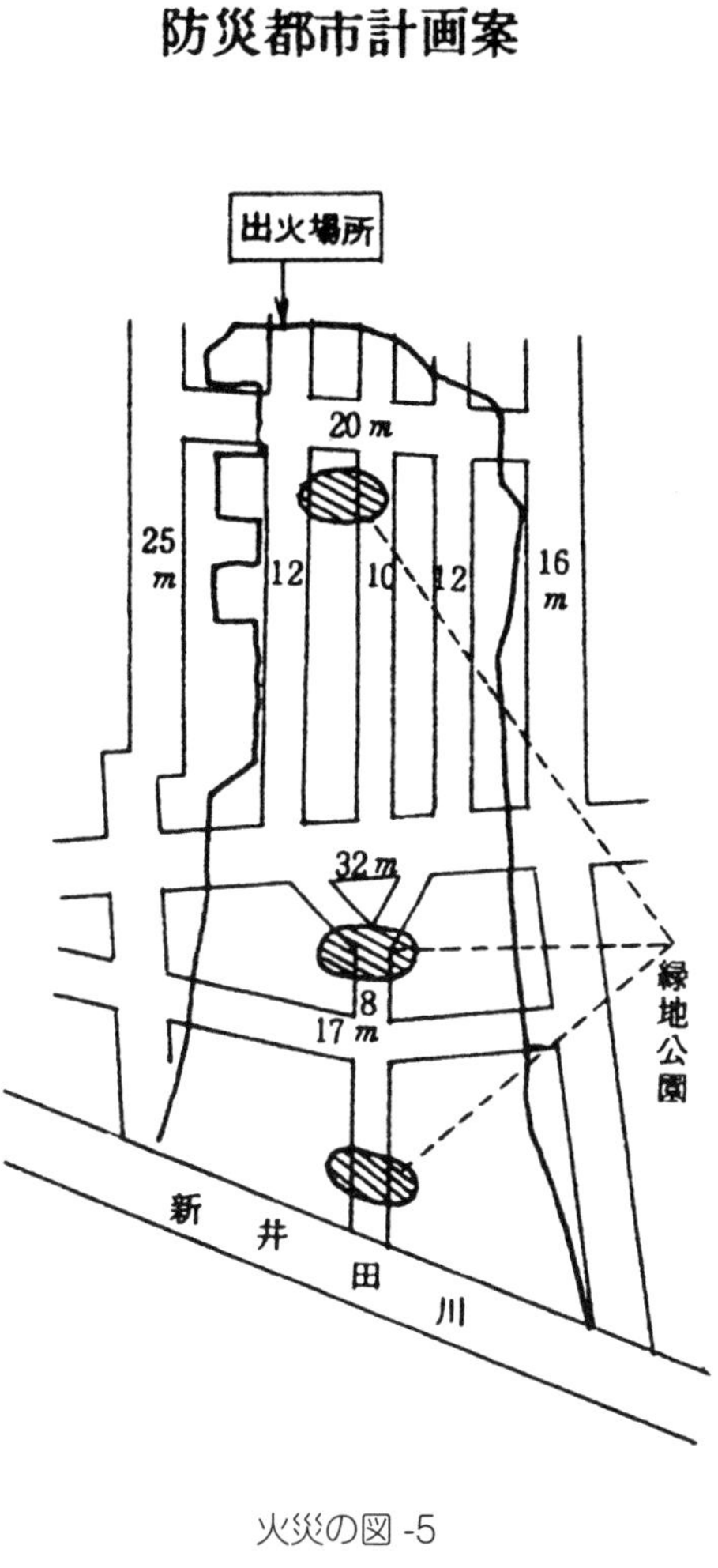

火災の図 -5

て、これまで道幅が一五メートルだったのが倍以上の三二メートル、周辺の道路も二五メートル、一六メートルと道路に防火帯の役割をもたせるということが一つと、ここに緑色にかいてある部分、これが今お話にありました住民の避難場所を兼ねました緑地公園、樹木なんかも植えてですね、火から守るということですね。防災面をかなりとりいれた計画だということがですね、一口にいっていえるんじゃないかと思うんです。

――平井先生、これをご覧になってどんな感想を。

平井　そうですね。オープンスペースをとるっていうのは、基本的に賛成なんですけど、やはり今いいましたようにいちばん大事なことは、オープンスペースをとると同時に風の走りを止めるということなのです。ですから例えば、三二メートルの道路があったとしても、今度のような火災の場合、三二メートルの道路で果たして止まったかといえばそうともいえないと思うんです。ですからやはり道路を作ると同時に木を植えたり、木と耐火建物をセットにして、とにかく火の粉、熱風の走りを止めるような配慮が必要なんじゃないかと思うわけです。

それともう一つは水の重要性ですね。今度の火災の場合でも新井田川という無限の水量をもった水が連続してあったということが意味があるわけです。ですから今度の新しい計画の場合でも、水路を入れるとかですね、歩行者専用路と通学路と、それから小さな水路をセットする、そういうような水に対するもう一度見直しというのが必要じゃないかというふうに思うわけです。

――今回の計画でも焼けた区域をほぼ中心にしてますね。

平井　焼けた区域をどうするかというのも非常に大事なんですけど。

これを見ていただきたいんですけど、これで囲ったところが焼失区域です。で、ここが酒田駅でこれが新井田川でこっち側に日本海があるわけです。

で、昔どういう配慮がしてあったかということを考えてみますと、ここに日和山公園というのがあるんですが、これはやっぱり本間家が、すごいお金と労力をかけて築いた山なんですね。これはやっぱりこっちが北で、こちらが西で、西北からの風をどうやってきたかということに知恵を使ったわけです。ですけれど、そういう貴重な財産というものを今は切っちゃいまして、ここにちょうど風の通り道を作っちゃってるわけです。ですからじょうろで受け止めてこれを流すという構造になってるわけです。

ですからこれだけやりましても、やはりいつまでたってもここから風が流れこんでくるという体質は変わらないわけですね。ですから、この計画と同時にやはりここの風の流れをいかに切っていくかということに対しても相当知恵が使われていかなければならないんじゃないかと思うわけです。

――これはまさに先人の遺産を現代の人間がつぶしてしまったような感じなんですね。

平井　そうですね。ですからなぜこういうところにそういうものが作られたかという意味をもう一度問い直してみる必要があるんではないかと思うわけです。

――浅見先生、やはり都市全体というものを考えなければ。

浅見　そういうことですね。今のお話をうかがいますと、これが火災の地域ですね。ここから火災が起きたわけです。これがもし仮に日本海沿いの西北の地点で起きたならばこれは大変な火災になっておったであろうと思います。

それで、酒田全体を眺めてみましたときに、ここにコンビナートという新しい地域が今できているわけです。そして風は、昔も今も同じようにこちらから流れるわけです。ですからこういうところには、もう少し何か配慮をすべきではないか、そうしないと、もし地震でも起きたとき、災害というのは火災ばかりではありませんから地震もあります。台風もあります。そのときにこれからでも、もし火事が起きるようであれば、全部この酒田市は火の海になってしまう、こう考えます。しかしこれは酒田の町に限らず、東北の各地は全部、秋田でも、能代でも、新潟でも同じような大火を過去において繰り返しているわけです。ですから東北の町は全部、特に日本海の町は全部こういうことを考えてそれぞれの問題を、日本海から来る風をさえぎり、しかもこの砂塵をさえぎり、そして地震のときに何かあっても炎がこないように、毒の煙が流れてこないように、こういうような配慮を非常に必要じゃないかと思いますね。

記者　もっともだと思うんですけど、そうしたことをやるには、お金がかなりかかると思うんですけども、そうしますと防災思想の昂揚という面、そのへんはどんなふうにお考えになりますか。

浅見　これはですね、例えば今度の場合もそうですがね、下を流れた火と上を流れた火があるというふうにいいましたけど、やはり酒田のようなところは下にも水を貯水する。下へ水を取りにいくんでは間に合わないから、二階にも水をためておく、そうしておいてバケツをそこへ置いて、どんな大火でも最初はボヤなんだと、そのボヤのうちに消してしまうんだというふうな市民全体がそういう配慮をもたなければ、これはなかなか大変なところですね。

――そうしますと、明日からもまた大火の危険というのはここでもあるわけなんですが、まさに身近にできるものとですね、相当長い将来を見通したもの、これを並行してやらなければならない。

浅見　そういうことです。今日から今晩からできるものと、それから、これから十年二十年あるいは百年かけてやる仕事というふうに分かれると思いますね。その両方が両立して初めて防災都市というものはできるんだということを、東北の皆さんには考えていただきたいと私は思います。

――平井先生もやはり！

平井　そうですね、まったく同感でございます。

――そういう意味で、先ほども先生がお話しになっていましたが、今回の火災は単に酒田だけのものでなくて、これはまさに東北の日本海側の一つの象徴的な出来事だったと思いますが。

＊

今回の火災で、県文化財に指定されている本間家旧本宅は、延焼境界線ぎりぎりにありながら延焼からまぬがれ、改めて昔の人の火災に対する知恵の深さを痛感させた。

この本間家は、約二百年前、三代目当主光丘によって二千石取りの格式で建てられた長屋門構えで酒田の名所の一つである。戦後、街の開発で周囲を取り巻いていた樹木も多く伐採されたが、それでも今回の防火に果たした家の構造、および樹木の見事さであった。

大火後もそのままの形で、本間家が残っていること等、これらの番組に対する反響は、担当者宛のものが多かった。

酒田市にとっては永久に保存し、忘れたころに映して、永く教訓にすべきと思う。

第五章　日常生活にラジオを

一、見直されてきたラジオ

ラジオが最近見直されてきたとか、ラジオの復活という言葉を聞くが、そうしたムードを裏づけるように、ラジオの聴取率が昭和四十六年ごろから明らかに上昇傾向を見せ始めている。

昭和四十九年五月のNHK聴視率の結果によると、一日のなかで、少しでもラジオを聞いている人は、七歳以上の国民のうち約32％であり、人数にすると約三千万人である。これは、ラジオ聴取率の最低の昭和四十四年の20％に比べると12％の増加である。このうち毎日ラジオを聞いている人は、国民の中の一割おり、一部の人にとっては、ラジオは、日常生活に欠かせないものとなっている。

かつて人々がラジオに求めていた役割は、そのほとんどをテレビが果たすようになり、「ラジオは忘れられた」「とるにたりないラジオ」「安手の騒音」とまでいわれ、ラジオの行く手に暗いかげがあったことを思えば、驚くべき変化であり、ラジオの将来を改めて認識すべきときが来たと考えたい。

いつでも、どこでもといった特性をもったラジオは、小型化が著しく進み、今では、二台目、三台目の受信機をもつ家庭が多くなっている。昭和三十三年に二台以上のラジオ所有者がラジオ所有世帯の13％程度だったのが、昭和三十九年に35％、四十九年には、何と69％（三台以上は35％）と著しく増加している。このことは、国民の大部分が、聞こうと思えばいつでもラジオを聞ける可能性をもっているといえる。

そして、今、ラジオを聞いていない人に、「将来ラジオを聞くようになると思うか」という質問に対し、66％の人が、番組の内容によっては、あるいは、何かのきっかけがあれば聞くと回答している。（昭和四十七年意向調査）

このように将来のラジオ聴取の可能性を意識する人が多くなっていることは、無視できない。

ラジオの落ちこみも、テレビの出現によってもたらされたものであるので、最近のラジオ聴取増加現象もテレビの聴視傾向に関連あると見るべきである。かつてラジオを聞いていた生活態度が、テレビへの移行で、惰性でずるずると見るようになってきたが、そのテレビにも飽き、テレビ離れが進行しているということである。

昭和四十九年五月の調査では、テレビは、食事や休息、余暇の時間の朝昼晩の三つの山に集中して多く見られ、そのほかの時間は、大きな谷間になって落ちこんでいることがわかる。つまり、谷間になっているところは、大多数の人が仕事をしている時間であり、この時間にテレビはあまり見られてはいない。

一方、ラジオは、平均聴取率は2～5％であるが、ラジオがよく聞かれている時間は、テレビが落ちこんでいる午前と午後である。午前一〇時三〇分～一二時の時間帯は、もはや、ラジオのほうがよく聞かれており、午後二～六時も、テレビとの差はせばまっている。このように、ラジオが聞かれているのは、仕事や家事などの活動的な時間で、聞く人は、家庭、商店、工場、理容、美容、自動車などラジオの聞きやすい職場とか、聞きながら仕事のできる人たちである。ラジオは、テレビとは逆に、仕事をするときに必要なものとなっており、生活時間のなかでラジオをうまく活用しているといえる。

また、ラジオを聞く時間について調べてみると、聞いている人では、平日、一時間三三分、土曜日、二時間九分と、相当長い時間聞いており、ラジオを聞いている人にとっては、ラジオ聴取が、一日の生活のなかで占めるウエイトが大きいことを示している。

資源節約、共働きなどと結びついてテレビ離れは、増加することが予想される。

二、ながら聴取観への反省

ラジオは、テレビのような独立した行動目標とはなりにくくなっており、何かをしながらラジオを聞く「ながら聴取」は、昭和四十八年国民生活時間調査によると、全体のラジオ聴取量の約84％に達している。たしかに、「ながら聴取」は、ラジオの固有の特性のように思われがちだが、実は、テレビにおいても、四十八年の同じ調査では、44％もあり、ながら聴取がラジオだけの強み、弱みとしてとらえにくくなっている。それに、ラジオのながら聴取も、四十五年の86％より、四十八年の84％と、幾分ながら減少しつつあることも注目したい。

この事実は、今まで「どうせ、ながら聴取だから」とか「背景音としてのラジオ」というとらえ方への大きな反省材料であり、メディアとしてのラジオの機能を自ら、不当に低くする危険がある。「テレビを見なくても、ラジオを聞いていれば足りる」と考える人も、現に存在し、こうした積極的聴取傾向も考慮すべきであろう。

三、ラジオに対するNeedsは何か

ラジオは、「聞きやすいか」「聞きたくなるような生活状況があるか」が前提になって聞かれているが、そのときの聴取心理は、意向調査によると、「退屈しているとき」が最も多く、次いで「何かを知りたいとき」だという。これが、まさに、ラジオに接する日常性であり、これを満たすための役割は大きい。

一方、ラジオを聞かない理由として「ラジオは何かあったときに聞けばよい」と、事件災害時を想定した非常時のメディアとしての役割を期待している人も多い。このように、ラジオのもつ強い日常性はその反面、非日常性も性格にもつという特性もあ

ることを知るべきである。

ラジオをどのようにとらえているかの調査でも、「事故・災害や大きな出来事があったときに聞くことが多い」というのがいちばん多く、「地震のときには、まず、ラジオのスイッチを入れる」と答えた人が最も多い。また、ラジオを最近購入した動機を尋ねると「非常時に備えて」と答える人が最も多いと報告されている。

このように、現代人のラジオに対する要求は「現在、何が起こっているかのNeeds」が、いちばん高いことを示している。速報性と同時性が要求されるゆえんである。そこで、送り手側としては、その放送は、〝現在〟とそれから予測しうる〝発展〟とをどのように展開するかに大きな課題がある。

速報性として、放送の番組を中断して行う臨時、緊急ニュース送出方法は、最初の段階としては、効果を上げている。しかし、進行し、発展する事象に対し、取材↓出稿↓整理↓放送（アナの原稿読み）という形式を繰り返し続けていくことは、望ましくなく、ラジオの特性からすれば、いちはやく取材（あるいは見たまま）↓直接放送という形が最も理想であり、それを可能にするメディアであることを認識しなければならないだろう。もちろん、同時に、情報の正確性確保を尽くさなければならないが、進行する現在の状況を伝えることこそ、ラジオ生命でもあろう。

四、ラジオをいかす対話放送

上意下達のニュースや送りっぱなしの放送は、市民生活とラジオが離れてゆくばかりで、親しくラジオを聞く動作とつながらない。現代は、対話の時代であり、ラジオは、市民の中に飛びこんでゆき、聞き手は、放送に参加するといったお互いの交流、フィードバックから成り立つ〝生きた対話放送〟でなければならない。

ラジオの日常性を支える要素として、ラジオが人々の「参加」を前提にした参加性の強い媒体であることを理解すべきで、これに応ずる体制づくりも必要である。投書や聴取者をスタジオに招く以外に、各家庭とを直接結ぶ電話の活用についても、演出・技術面共に、今後、開発すべき課題であろう。

ＮＨＫと民放のラジオの聞かれ方の違いを見てみると、聞き方では、ＮＨＫ型は、

「どの局を聞くかは、だいたい決めていて、そのなかで、内容を選択して聞く人」が多く、民放型は、「局にはあまりこだわらずに、自分の好きなものを聞く」というのが多い。

そして、ＮＨＫを聞いている人は、「何かを知りたい」「時間をむだにしたくない」という目的聴取的な気持ちの人が多く、民放は、「退屈なとき」「話の相手が欲しいとき」など暇つぶし型が目立つ。

また、内容面では、ＮＨＫには、「報道、生活、情報、同時性、伝統」に志向しており、民放には、「娯楽、参加」のウエイトが大きい。

そして、具体的な質問については、「事故、災害や大きな出来事があったときに聞く」というのに対し、ＮＨＫ53・9％、民放18・7％、また「必要なことを知るために欠かせない」というのに対し、ＮＨＫ24・6％、民放8・1％となっている。

これらのデータは、ＮＨＫのもつ使命が、聴取者によく理解されていることを示していると同時に、ＮＨＫが、何に答えなければならないかの方向を指し示していると思われる。

報道番組の出発点は、やはりニュースであり、その速報性である。そのニュースを起点にして、その背後に横たわる政治的、経済的、社会的な問題を探求し、かつ、その問題点を明らかにしてゆくことにある。

したがって、報道番組においては、ニュースのもつ問題性をいちはやく見抜く見識と洞察力と判断力、そして、その問題をとらえて、どう扱うかということが重要となる。これによって、対応がよかったかどうか、問題に対する掘り下げができたかどうかなどが決まってくる。

そして、何といっても、重要なことは、まず、ラジオというメディアの特性を理解することであり、同時に、NHKラジオに対して、聴取者が、何を要求しているだろうかを考えて、その立場から、番組をつくるということである。

五、朝のロータリー　午後のロータリー　夜のジャーナル

〈朝のロータリー〉

一日の始まる時間に合わせた生活に役立つニュース情報番組としての「朝のロータリー」は、昭和四十七年四月にスタートしている。朝の忙しい家庭の主婦、通勤途上のマイカー族などに、その日の動きや話題をさわやかな音楽と共に送っている。番組の冒頭では、その日のいちばん大きなニュースを記者、当事者、関係者に解説、リポートしてもらっている。また、各地の放送局、通信部、ニュースセンター整理部、外信部の記者による、日本と世界のその日の動きを伝える「日本列島きた・みなみ」と「海外のニュース・話題」は、NHKならではのカラーの出たリポートとなっている。時事性のある話題、そして、その渦中にある人にインタビューする「時の人、時の話題」では、話題の背景や焦点を明らかにすると共に、その人物の人間的な側面も紹介している。そして、社会の多様性に対応し、新鮮な切り口をもったリポーター（ときには学者、ときには評論家）による、考えるリポート「私のリポート」も新聞の「天声人語」的な特色を出している。

話題では、「朝のロータリー」、「動植物歳時記」の内容が評判になり、「雑誌旺文社」から出版を依頼され、出版することになった。動植物歳時記は動植物の生態や習性、話題、エピソードなどを、その道の専門家に歳時記ふうに話してもらった。動物は中川志郎（上野動物園）、昆虫は矢島稔（多摩動物公園）、虫は柳沢紀夫（日本鳥類保護連盟）、魚は杉浦宏（上野水族館）、植物は丸山尚敏（自然教育園）、果物は芦川孝三郎（都農業試験場）、二版まで評判がよかった。

内外のニュース、日本各地の話題をアナウンサーや記者、関係者が伝える。速報性を発揮して好評である。そしてＮＨＫのネットワークをフルに活用し、主に第一線記者を動員して、その日の動きを解説し、リポートする「ニュース・コーナー」などは、報道ワイド番組の柱といえる。

特に、五〇分間を全部使って、その時々、話題になっていることから一つのテーマを設定して放送している三時のワイド特集は、電話などによる聴取者参加も加えて、午後のロータリーの重点時間帯である。資源、物価から教育、流行などと生活に関連した幅広いテーマを多角的にとらえ、軽薄とされがちなラジオ番組に重みを加えている。

例えば向田邦子さんの事故死は、ちょうど「午後のロータリー」の時間の中だった。最初「向田さんが乗っていたかもしれない」という情報が、時間の経過と共に「乗っていた」「生存者は……?」と進み、番組の終わるころに、「死亡確認」となった。

こういうドラマチックな展開が、聴いている人にもたいへん感動を与えるし、送り手もその進行形のなかでラジオが非常に生き生きとしてくるということがいえる。


また、暮らしに役立つ、政治、経済、社会、文化、芸能、趣味、レジャー、日本語、音楽などの知識やメモを専門家にやさしく話してもらう「ラジオ百科」も、ラジオならではの話し手のうまさを売りものにしている。

一時間四〇分編成しているリクエストコーナーには、中学生から家庭の主婦まで幅広い聴取者からリクエストが寄せられ、男性アナウンサーと五人の若い女性のパートナーの魅力も手伝って、一日千通近くの投書が寄せられている。ヤング向けとか、主婦向けのリクエスト番組は、ほかにもたくさんあるが、こんなに幅広い層によって、支えられているリクエスト番組も珍しいといえる。

〈午後のロータリー〉

人々の午後の活動時間と並行して進行し、変化する世の中の動きに対応して伝えるインフォメーションを中心としたディスクジョッキースタイルのワイド報道番組「午後のロータリー」。特にナマのニュースの速報性に重点を置き、聴取者参加も積極的に取り上げて構成している。

男女二人の司会のアナウンサーも、即応性、対話性を出しつつ長時間ワイド番組を支えている。

〈夜のジャーナル〉

ラジオは音を表現するのには、いいメディアですけれども、これは人々の心を何か打つものがあるんじゃないか。例えば芭蕉の詠んだ俳句は「蛙とびこむ水の音」とか「岩にしみいる蟬の声」とか、俳句の中にも音が入っている。そういう音に対する感覚が、何か失われつつあると思うので、その失われつつあるものを呼び起こすことによって、このローカル線の問題ですと、これが過疎の問題にもつながる。あるいは開発とか、いろいろなことを考えさせる要素がある。こういったものを掘り起こすことによって、聞いてくれるかたの心をつかもうということです。

「ラジオジャーナル」は、その日一日のニュースをまとめてお伝えする番組ですが、ドライなニュースを中心にすると、どうしても聴き手との接点とか先ほどから話が出ているふれあいが、少なくなりがち。そこでラジオの特性である音、つまり、音の素朴な感性を呼び起こす手がかりにして、社会的な問題を含めて考えてもらおうと「ミニ紀行」というのをやっている。

世の中には家を飛び出したいくらいつらいこと、悲しいこと、中にはうれしいこともあります。もっと大きなことですと地震や災害がありますが、たとえ恋人や親、子どもと別れるようなことがあっても、最後までお供できるのはラジオじゃないかと思うんです。出している放送はささやかな内容かもしれないけれども、これを聞いていただければ何か役立つ。あるいは生きる手がかりになるかもしれない。どうぞラジオを聞いてくださいといいたいですね。

第六章　中部で情報発信

一、ＮＨＫ名古屋放送局

新しいビルディングで働く人々の、壮大な背景を訴えたＮＨＫ放送局長の尾畑雅美氏の言葉である。

——ＮＨＫ名古屋放送センタービルが無事に着工できましたのも、地元のかたがたのご協力のおかげです。我々を取り巻く情勢が二一世紀に向けて大きく様変わりしております。その中にありまして、我々も二四時間の衛星放送を開始いたしました。これに続きまして次の時代のテレビ、次世代テレビといわれるハイビジョンの放送の準備も着々と進めております。一方で暮らしの変化、社会の様変わりに応じまして、地域開発とか都市の改造も大きな課題になってきております。そうしたなかで愛知県と名古屋市とＮＨＫが相談いたしまして、中部の中核都市である、名古屋の都心部を一変してイメージアップを図ろうというのがこの計画なんです。その計画の中心を担うのが、放送センタービルでして、名古屋の中部の情報・文化の発信基地を目指して頑張

ＮＨＫ名古屋放送局

ろうと思っています。

——場所は今のＮＨＫの隣りですね。都心ですね。テレビ塔の隣りにＮＨＫがあるんですけど、ＮＨＫと愛知県文化会館が隣りにあります。この二つが後ろに退きまして、その後に六千坪、二万平米の二一世紀型の立体型の都市公園ができます。そうしますと一〇〇メートル道路の公園と一体化して、大きな都市公園ができます。おそらく東京、大阪にもありませんし、ニューヨークやパリやモスクワ、世界の主要都市にないと思うんですね。そういう大きな都市計画に参加できるのは大変幸せと思っております。

――その外観なんですが、模型でご覧いただきましょうか。今、考えられるあらゆる斬新な機能を備えています。ちょっとご覧いただきたいんですが、この外観は細かい波型になっています。これが放送と電波の発信を象徴しているデザインなんですね。それで、NHKは五階から下になっています。六階から上が文化・情報・通信関係の企業に入っていただこうと思っています。ただ、ご覧になってもわかりますように、後ろの五階建ての部分に緑の庭園を作ります。今いいましたように、NHKは低層部分ですね。ここに放送機能を一か所に集めようと思っているんです。この上の部分がオフィスゾーンになっているんです。特にご注目いただきたいのは、ここは地下二階から地上三階まで吹き抜けにしてあるんです。これを市民プラザにいたします。ここに催しもののステージとかギャラリーとかハイビジョンシアター、海外情報センターなどを作りまして、海外のいちばん新しい最新情報が集まってくるようにします。

ここに市民が集まって、自由に出入りしていただいてくつろいでいただけるということを考えております。

――国際化に対応したビルですね。ご存じのように、二一世紀は情報化・個性化・国際化といわれております。で、我々は日本人ばかりでなく、モスクワからも北京からもパリからも放送が発信できるように二四時間態勢で回線を結んでおります。ですから地域サービスを細かくすると同時に、名古屋から世界に情報が広がり、世界から情報が名古屋に集まるのを目指したいと思っております。

二、ウイークエンド中部の好評

〈NHKウイークエンド中部〉

土曜、朝番組の生放送「ウイークエンド中部」は、中部地域全体での視聴率は二位であった。NHKテレビ小説「はね駒」が一位であった。

ニュース報道番組の熱狂的反響に、朝日新聞は、そのことを非常に重要視して、私のディレクター宛に原稿を依頼してきた。

毎週土曜日の朝、五時に目覚まし時計が鳴り響く。隣りの住人から「ゴルフですか」といわれる。週末の早起きをレジャーと思われても仕方がない。実際には、週でいちばん緊張する朝で、テレビのナマ情報番組「ウイークエンド中部」を担当しているからだ。冬はこの時刻、真っ暗だが、春にかけて明るくなり、街角にさす光の変化が季節感を強く感じさせる。スタッフが次々に出局し、この肌に感じた朝の雰囲気が、そのまま電波に乗って、さわやかさをかもしだしている。

放送は、東海・北陸の七県向けの地域番組だが、この二年間の百回の平均世帯視聴率が、25・6%であるから、家族全員で見ているとすると、七県の総人口約一七〇〇万人のうち約四三五万人となる。これだけの高視聴率をあげている地域番組は、民放を含めてほかにない。中部という視点、地域の香りのする一味違った切り口の情報などが、週末の生活テンポとうまくフィットしているのだろうか。そして、その日の状況は視聴率にも表れ、三原山噴火のときは35%、お盆のときは21%というように、番組はまさに家庭の暮らしと共にあるようだ。

土曜日に休みの人も増えているが、余暇開発センターの最新調査では、休みの日に外出する人は、ショッピングがいちばん多いという。「ウイークエンド中部」もニュース、話題、スポーツ、イベント、旅、人物、気象と、楽しく、ためになる情報のデパー

愛知教育大学の大和田道雄氏

トみたいなところが、うけているのかもしれない。

〈役に立つ気候学〉

星野ドラゴンズ打線好調。ホームランも続出。三万五千人の観客のナゴヤ球場で、宇野が逆転ホーマー。これがなんと五メートルの逆風。このナゴヤ球場でのホームランだが、バックスクリーンに向かう北風のときよりも、この逆のバックスクリーンから吹いてくる南風のときのほうが、ホームランが多いという。

「ウイークエンド中部」の〝中部とあなたの気候学〟コーナーにレギュラー出演している大和田道雄さんが、実際にナゴヤ球場でバルーンを上げて調べてみると、南風のときにはバックスクリーン付近で、風が巻き上がる乱流が起き、球がこれに乗ると落ちそうな球も浮き上がっていくことがわかった。ホームランとその日の風向きの、過去のデータから分析してみても、この結果が実証されたという。

「気候学」では、大気現象を身近な生活に結びつけて、役立つ気候情報として解説し、人気を得ている。大和田さんは、愛知教育大学助教授で新進の学者。北海道旭川育ち、スキージャンプの選手もした。地域の自然や環境に鋭い目を向け、克明な現地調査と学術的分析で定評がある。

十年前から都市気温（ヒートアイランド）の継続観測をしており、名古屋では、栄を中心に気温が高かったが、最近の調査では、新興住宅地の名東区のほうが気温も湿度も高く、住環境の悪化が逆転していることがわかった。このように身の回りの環境は日々変わっているが、暮らしやすさを求める現代人には、必見の「あなたの気候学」である。

〈好評のお祭り情報〉

ＮＨＫ最初のテレビニュースは、テレビ放送が開始された昭和二十八年二月一日の午後五時であった。内容を見ると、半月前の一月十四日の「仙台どんと祭」などが放送されている。このころは、放送まで時間があり、遅れても動く映像自体が貴重なテレビニュースだった。

「ウイークエンド中部」では、先もののイベントやお祭りの情報を放送しているが、視聴者は、まだ先に行われる行事なのに、その場面を見たがる。幸いお祭りは、毎年同じことを繰り返すので、過去に撮った映像を探して放送しているが、この遅れ映像も、新鮮な情報として蘇り、評判がよい。今は、生活にもゆとりができて、お祭りもニュースとしてよりも、文化としての価値を見ているのだろうか。

お祭りは、白川郷のどぶろく祭りのように一二〇〇年も続いているものもあるが、岐阜・手力の火まつりのように三百年くらい前から始まったものが意外に多い。そこで調べてみると、幕府が正徳四年（一七一四）に制定公布した「御定書百箇条」という法律があった。各地の藩は、それまでばらばらに行われていた祭りを統合整理し、祭礼日を決めて公認した。これは、生産を落とさないために、遊んでもよい日を特定したものだ。

お祭りは、信仰から出発はしているが、生産と労働との関係は現代も同じであり、イベント情報が健全に放送されているのは、世の中が豊かな証拠、といえそうだ。

〈人生五〇年の重さ〉

信長が天下に号令したのが四三歳、秀吉が日本を平定したのが五四歳、家康が幕府を開いたのが六〇歳という。

「ウイークエンド中部」では、〝人・その世界〟というコーナーを設け、さまざまな分野で活躍している人に、その生き方を聞いているが、この一年間の五〇人を見ると、その平均年齢は五六歳となっており、人生五〇年の重さを感じる。そして、考えさせられるのは、その道に入ったときの時代の背景と、その動機である。

ツバキ一筋、新品種一二〇を作った佐藤稔さん（68）は、「終戦」の混乱で目的もない日々の中、ふと見たヤブツバキにとりつかれ人生をこれにかけた。越前竹人形師の尾崎欽一さん（76）は、「福井地震」にあい、職探しで瓦礫の中を歩いていた足元に見た、スス竹の美しさに目を奪われてこの道に。二五〇〇曲のわらべ歌を集めた服部勇次さん（46）は、「伊勢湾台風」で故郷の弥富町がすっかり変貌し、子どもの遊びがなくなったのを見てこの世界に。洋画家の藤田孝屯さん（54）は、「ダム」に沈み消えゆく岐阜県徳山村に立ったとき、これを絵画で残そうと決意した。飛行機に乗って、水没四百世帯を一軒一軒描いている。村に水がたたえられるまで通うという。

時代は変わっても、また次の新しい変革が形を変えてやってくるもので、その時代に生きた証を残したいという情念や信念に、ただ頭が下がる。こうして、ささやかにテレビ番組を茶の間にお届けしている自分も、はや人生五〇年である。

三、映画フィルムの魅力

特に人生における実証番組は、非常に関心があった。ウイークエンド中部の大部屋では、失いつつある映画フィルムを戻す手作業が実に面白かった。

アジアの活弁士の「わかこうじ」さんに話を聞いた。

——小さいときから活弁士が好きで好きで。

映画人生に取り組む　わかこうじ氏

マキノ省三さんの撮影所が近くにありまして、そこでタネドリといって撮影をしていたんです。ちょうど忠臣蔵をやっていたんです。それを見て活弁になろうと、役者より弟子のほうが人気が出たら偉くなれるんじゃないかと。それで弁士になったんです。東映の活動写真館の宣伝隊、幟《のぼり》を持ちまして回るわけです。ビラした三枚いいまして招待券をもらうと。それで歩いてまして家の前を通りますと、おじいちゃんに見つかりまして、「何をそんなことをやっておるか」と大変なことになりまして。学校さぼって行ったりいろいろしているわけですから。見つかって、とにかく荒縄で縛られまして、大黒柱に。へその両脇にお灸を据えられまして。今でもその痕がありますが。それでも活弁がやめられなかったというわけですね。九歳で活弁の道に入ったわけです。すぐ勘当ですわ。勘当されても弁士をやってしまったわけですな。

——（活弁は）もう古い時代のもので、今はそう価値をもたないんじゃないかという意見が一方にありますが、それに対してはどうですか。どういう考えをもっているんですか。

やっぱり手づくりの味ね、人間性を豊かに表現できておるものが多いんですね。今のものに比べてね。場面にしてもいろいろありますが、今はラブシーン一つとっても、裸を見せればそれでいいと。そうじゃなくて、肩にさわっただけで、惚れてるなと。というそういうあれがないですね。フィルムの中にも心があるし、演技するほうにも心をこめてやれば。どういうふうに人を感動させなければいかんかと。ぼくらは舞台人ですから、体当たりをしますよ。

やっとできるなと喜んだとたんにトーキー時代がやってまいりましてね。弁士必要なしということで、どうして生きていくか困りましたね。九州へ活弁業というかドサまわりに巡業にまわりましたね。

――九州ではあったんですか？

穴埋めに普通の映画の間に活弁をやってくと。フィルムは古いものですから、時々絵が切れるんですよ。切れるのを映写技師が情け容赦なくパチンとハサミを入れましてね。つないで写しますからどんどんフィルムはなくなっていきますから、大河内傳次郎と蒲生泰軒との有名な対決の場面がなくなっちゃったの。これではいけないと思って、木賃宿に帰ってせんべい布団をかぶって寝てふと夢を見たんです。フィルムがヒトコマずつ消えていく夢を見たんです。これではいかんと。滅びゆくものを何とか救って手立てをして、のちの人に伝えていくというのがフィルムライブラリー運動の一つの起点だと思ったんです。こういういいものがあったんだと、この国には。ここに色紙がありますけど、亡くなった映画監督の稲垣浩の「一筋道」という。一筋にこの道だと。誰が何といおうと、と思っています。

四、「フレームイン」入局

NHK名古屋放送局では、新しい番組「フレームイン」が誕生した。五分間の番組であるが、中部地方で起きたものを速やかに私が提案したものであった。

名古屋市長・世界デザイン博覧会協会の会長、西尾武喜さんが語った。

放送を開始したフレームイン

名古屋市の市政百年を記念する事業を四年間経て完成した。これが最後になり期待に答えるところです。

私は、かねがね感激なくしては人生は務まらない方針でした。感激があるときは瞬時、行動に表した。

一つのデザインで表されたことは、私にとって非常にうれしい現実である。

皆さんに来場していただいて、一回でも見学してもらえればありがたいと思います。

国際化に向けて、将来名古屋が発展するものと思います。国籍の違い、言語の違いを互いに認め合うことは国際化につながると思う。

この番組を通して、多くのかたがたに来場してもらいたいと思います。

第七章　生きた生活

一、結婚は見合いで

私たちには、小学校五年生を頭《かしら》にして、一年生、幼稚園、と三人の子どもがいます。三人とも男の子で、まだ思慮分別も十分でない年なので、ともかく毎日が大変です。いうことは聞かない、物は壊すといった具合で、目を離せませんが、考えてみれば、今がいちばんかわいい時期かもしれません。

それにつけても、何とも寂しい思いをしているのは、この子どもたちの成長を、何かと気にかけ、心から喜んでいてくださった人が、いなくなったということです。

この人こそ、後藤しづのさんですが、会うたびに、電話、そして手紙と、そのつど必ず尋ねられることは、子どものことで、それがまた楽しみだったとも感じられます。

後藤さんは、後藤さんこそは、私たちを結びつけてくださった恩人ともいうべき人なのです。親身になって、細かい心遣いで二人を引き合わせ、そして、ゴールインまで導いてくださった人です。後藤さんの温かい思いやりは、私たちの心の中に、そして、子どもの中に、生きつづけているのです。

　そもそも、後藤さんとの出会いは、私の独身時代、早稲田鶴巻町の海老原様宅に下宿していたときに始まります。海老原様が創価学会に入っていた関係で後藤さんが出入りしていたため、自然に顔見知りになったのです。私も、仕事の関係で、時々皆さんに時事解説などをしていましたが、後藤さんのほうから、もっと話を聞かせてほしいということもありました。

　ちょうど、そのころ、安保条約をめぐる国会内外の動き、大学紛争と学生運動の高まりなど、世間を騒がせるような話題がけっこうたくさんあり、後藤さんもこうしたニュースに関心をもち、新聞やテレビをよく見ていて、自分の考えを述べていました。

　しかし、何といっても、後藤さんの頭の中に占めていた最大のものは、ひとり息子実さんの結婚問題だったようです。親なりの心配や悩みのあることを、話していました。

　ともかく、めでたく息子さんが結婚したあと、後藤さんは、「前田さんの結婚相手は、私が必ず探してあげる」という宣言をされました。私も、両親や、知人、職場で結婚話があり、初めのうちは、聞き流していたことは事実です。しかし、女性の写真や履歴書を持ってくるに及んで、私もだんだんその気になっていったのです。

後藤さんの熱意に満ちた、真剣な行動が、私を本気にさせたといえます。

そして、見合い、婚約、結婚と進んでいくのですが、後藤さんがいちばん心配していたのは、どの過程でも、その途中で私のほうから断るようなことがあったら、自分の立場がなくなるということだったようです。

しかし、結果は、一回の見合いで、最後まで完結したのです。後藤さんを喜ばせるためにそうしたのではありませんが、結果として、後藤さんに喜んでいただくことになって、私もうれしかったのです。

私は、後藤さんのためにも、私たちのためにも、このきずなを大切にし、子々孫々まで、家族が繁栄するよう努める決意です。

今、ここに、後藤さんが、私たちのために偉大なことをしてくださったことを深く思い、改めて、お礼を申し上げたいと思います。

感謝の念で、いっぱいです。どうか、私たちをいつまでも、見守ってください。

御冥福をお祈りいたします。

この文章は、早稲田大学で下宿をしていた後藤さんが生前書いた手紙を、大勢のかたがたに読んでもらいたいと私が提案しました。

百人の人が集まって書かれた文章で、生きたままの文章です。

二、中学時代の貴重な気風

昭和二十二年の学制改革六・三制の実施による新制一宮中学で、私たちは三年間学びました。私たちより先輩は、三年間在学していませんので、三回生が実質的には、最初の卒業生であると自負しているだけに、当時のササいっぱいの校庭、バラック風の校舎など、思い出も、愛着も、実に多いのです。

小学校時代が戦争で明け暮れたため、解放的で、のびのびとした中学は、新鮮そのものであり、期待に溢れていました。戦後の新しい風潮は、男女も席を並べるようになり、小説『青い山脈』を男女生徒間で回し読みしたことを覚えています。

また、クラスを「ホーム・ルーム」といい、級長ではなく室長をみんなで選びだしましたが、女生徒の室長も生まれ、「チッチョウ」などと、冷やかして、楽しんだものです。

各地区から集まってきた生徒は、男女間、地域間の壁を乗り越え、お互いによく理解し、助け合い、力を合わせて、新しい友だち、新しい中学のために、結束しました。

中学ができる前、私たちはよく、西武や大和に買い物に行かされましたが、ほかの地区から侵入者が来たというのでしょうか、そこの生徒から石をぶつけられるなどして、いじめられたものでした。

こうした状態が、前にもあったものですから、村全体が一つになって、中学ができたことを本当に喜びました。みんな力を合わせ、新しい中学のため、我が村のため、頑張ろうという意気込みが、芽生え、高まったのです。

それまで、同じ村でありながら、足を踏み入れたこともないところの友だちも、たくさんでき、その家を訪ねていったりもしました。

考えてみると、新制中学にピアノがなかった時代に、大ダイコを買ってもらい、オルガン、アコーディオン、ハーモニカなどで、バンドを結成して、各地区を回ったことも、懐かしく思い出します。

みんなの結束した力は、スポーツでも成果を見せ、野球では県大会で準優勝、陸上競技では、都大会で連続優勝と活躍しました。当時の「一宮中学校新聞」によると、「他校の選手は、スパイクをはいてほんとの競技姿でいるのに、本校選手は、裸足姿という情けない状態。しかし、選手は実力にものをいわせてよく頑張ってくれた」と書いています。

戦後の恵まれない環境でのこうしたお互いの経験こそは、みんなが社会に力強く巣立ち、たくましく生きていく支えになったし、また、みんな協力して郷土のために尽くそうという精神の芽生えにもなったと思っています。

さて、私は今NHKでテレビ・ディレクターをしていますが、そもそも放送に関心をもちだしたのは中学のころです。

宿直室に仮放送室を設け、初めての校内放送でした。当時、「日曜娯楽版」という番組がはやっていましたが、私たちの第一回目の放送はこれをまねたもので、狭い部屋いっぱいに大勢が集まって、マイクを囲んでコントあり歌ありのどんちゃん騒ぎでした。

以来、高校、大学と放送クラブに籍を置くことになり、そのまま職業とつながることになった次第です。当時、テレビはまだ実用化されておらず、こんなに普及するとは考えてもみなかったのですが、大学を出たときにはテレビ時代の幕開けを迎えていました。

ＮＨＫに入るや新しい分野でのテレビ番組の開拓に取り組み、「こんにちは奥さん」「あすをひらく」「スタジオ１０２」などを企画制作しました。

特に、アメリカ施政権下での沖縄特派員、ニュースセンターでの連合赤軍あさま山荘事件、企業爆破、日航機ハイジャック、米大統領宮中晩餐会の初中継、ロッキード事件などの報道は生涯忘れることのできない経験です。

今、テレビというまさに時代の先端をゆく情報産業で仕事をしているわけですが、こうした新しい時代に対応し、進取の精神で前向きに進んでいくという気構えは、さかのぼれば新制一宮中学時代の気風のなかで育てられたように思えるのです。

現在は、受験戦争に巻き込まれて、みんなが協力するとか、何かをみんなで工夫して創り出していこうという時代ではないかもしれません。

しかし、私は今でも三〇年前の中学の貴重な気風を育てたいものだと思っています。

三、NHKディレクター二〇年

時習館高校生徒会放送委員長なるものに就任し、朝、昼、午後、校内放送をやったり、文化祭で「生徒と教師の歌いまショウ」を豊橋公会堂で演出したり、早稲田大学へ入るとさらに、放送クラブ活動にとりつかれ、ついにNHKに入ることになった。NHKでは約二〇年になるが、そのほとんどが、テレビ番組のディレクターの仕事で、いまだに趣味の延長で暮らしているようなものである。

NHKでの初めての職場は、外信部で、外国放送を受信して、ニュースにする仕事だった。当時、共産圏情報の入手に苦労していた時代で、ソビエトの人工衛星打ち上げにあたっては、ボストークの交信音を世界にさきがけて受信に成功するなど、内外をあっといわせた。

宇宙時代の幕開けと共に、取材記者から科学番組のディレクターとなり、今度は日本の人工衛星の開発や、原子力研究の実情を番組で追いかけることになる。このとき、時代の先端をゆくテレビ番組として、「あすをひらく」を企画、制作したが、今なお、総合テレビの「科学ドキュメント」として、番組は続けられている。また、視聴者参加番組「こんにちは奥さん」のスタートにあたっても、ディレクターとして、参加し、鈴木健二アナウンサーの起用で、朝の人気番組となった。これも、現在の「奥さんごいっしょに」にひきつがれ、健在番組である。

日本経済は高度成長し、みんなが豊かさを求めているとき、ベトナム戦争は拡大していた。昭和四十二年、米軍基地であった沖縄に、NHKの特派員として派遣され四年あまり、アメリカ施政権下の沖縄で、家族ともども暮らすことになる。高等弁務官が絶対権力をもち、ドル通貨のなかで、ビフテキや洋酒が安かった時代である。

ベトナムに向かうB52爆撃機の発進、爆発事故、初めての公選による琉球政府主席の選挙、衆参議院の初めての国政参加選挙、コザの米軍車焼き打ち事件、毒ガス撤去、メースB基地の撤去、そして、復帰に向かって日米交渉が進み、調印の運びとなった。

この激動する沖縄で、わずか三人の特派員で、ニュース取材や、「特派員報告」「スタジオ102」などの番組リポーターを務めたほか、本土に沖縄のようすを初めてテレビ中継したディレクターの役目も果たした。

昭和四十六年、立派にできあがった東京の放送センターに戻り、「スタジオ

102」や「ニュースセンター9時」を担当する報道番組のディレクターとなった。連合赤軍のあさま山荘事件では、中継で軽井沢にはりついた。一連の企業爆破事件では血なまぐさい現場で、また相次ぐ空のハイジャック事件や航空機のモスクワ、ニューデリーでの墜落事故では、夜を徹して羽田の中継車の中だった。フォード大統領の訪日では、我が国初めての皇居における晩餐会中継で、礼服による現場ディレクターを務めた。そのほか、エリザベス女王の訪日、モナリザの日本公開、超音速旅客機コンコルドの飛来など、この時期のイベント中継をほとんど手がけてきた。

昭和五十年、ロッキード事件で、国会は騒然となった。連日、国会中継を担当することになった。証人喚問中継は、あさま山荘事件以来の大聴視率番組となった。

このようにニュース番組の演出のほか、NHK特集などの企画、制作にもたずさわってきたが、現在は、現場的仕事をあまりできない立場になりつつある。しかしNHK番組ディレクターとしての意欲と誇りは衰えるどころか、高まるばかりである。

四、基本は手まわしの蓄音器

時習館高校を卒業して上京し、大学から就職と四四年になります。その間、NHKテレビディレクターとプロデューサーを四〇年、沖縄、山形、名古屋などの転勤もありましたが、「奥さんごいっしょに」、「スタジオ102」、「ニュースセンター9時」、「NHK特集」などを企画制作してきました。現在は、NHK情報ネットワークのニュース・データベース部門におり、インターネットなど情報文化の最前線の仕事です。

NHKの毎日のニュースの中味はコンピュータに入り、このデータベースは、国内ばかりか、世界のどこからでも引き出して、見ることができます。放送も、いまや、アナログからデジタルに向かっており、BS、CS、多チャンネルと、マルチメディア時代に入っています。

楽しみいっぱいの二一世紀を、どこまで見届けることができるか、通勤の駅の階段の足の重さを気にしているこのごろです。

前田家五人家族

父母は、今年、一三回忌と七回忌を迎え、愛知県で法事を行います。息子たち三人は、大学を終え、会社勤めです。長男は、結婚し独立、次男と三男が同居です。三人とも大学が理工学部で、長男は化学専門で環境工学、次男はコンピュータで電子マネー取引、三男は機械で企業システムに取り組んでいます。みんなが集まると、うかうかしていられない技術立国日本の将来。

海外に出かけることを楽しみにしており、これまでに二五か国くらいです。ビデオカメラで撮ってきたテープも莫大な量になっています。外国に行ったら、オペラを観てくることにしています。各国とも、その力の入れ方は大したもので、文化の象徴のように競っています。海外オペラの日本公演も、今年は、メトロポリタン、ベルリンなどがありますが、本物の芸術に接することがいかに高いかを痛感しています。オペラほどぜいたくな趣味はありませんが、これほど楽しませてくれる芸術はないと思っています。

時習館高校時代、世界史の北垣先生の授業で、教室に蓄音器を持ち込み、ナポレオンの話のなかで、チャイコフスキーの「1812年」のレコードを聴かせていただいたこと。世界に目を向け、音楽に興味を向けるキッカケとなった思い出の授業です。北垣先生は趣味の音楽もプロ級で、音符を読むことができ、娘さんをバイオリニストにしているそうです。

テレビやマルチメディアの仕事をしていて、ふっと思い出すのは、「基本は手まわしの蓄音器」ではないかということです。

五、世代を越えた生き方

今まで教育テレビで七時三〇分からやっていた「テレビ気象台」というのを、新しく四月から総合テレビに移して始めました。そのチーフをやっております。

最近気象番組が注目されてきて、冷害があっても、アメリカで干ばつがあっても、政治や経済を動かすというようなことで、気象の変動について社会でも非常に関心が高まってきております。そこでNHKでは、明日天気になるかどうかということだけではなく、世界の天気を含めて、災害とか気象変動、異常気象など幅を広げた番組とし、総合テレビで力を入れてやっています。

そもそもNHKに入ったときは外報だったんです。当時アメリカはまだかなりニュース素材があったんです。共産圏というのは割合ニュース素材が少なかったものですから、放送を独自に傍受してそれをニュースにするのがいちばんいいという時代だったんですが、そこへ入ったんです。ところが不思議にそのときは、アメリカの人工衛星はともかく、ソビエトがポンポン上げだして、スプートニクから始まってボストークまで、連日連夜それに追いまわされたんです。当時は人工衛星の本も少なくて知識もあまりなく、とにかく勉強々々でした。そうでないとニュースも書けない状態でした。そこで、宇宙時代に対応するためにはボヤボヤしてはおられないというんで転身をした、それが科学の始まりでして、日本では原子力研究所なんかができたころで、NHKでも科学セクションを作らなければいけないということだったもので、そのままプロデューサーとして番組制作の立場に変わってしまったわけです。

——どんな番組をつくられたんですか。

科学に関係してからは科学ドキュメントの草分けの番組から、つまり今やっているクローズアップ、その前が科学ドキュメント、その前が、「あすへの記録」でしょうか。気象というのは、大自然と科学という一つの側面で見ると、大自然というのは底知れない力のある恐ろしいものですよね。それに人間の知恵が、科学とか技術がそれを克服しようとしたりあるいは利用しようとしている……そのなかで象徴的に出てきているのは気象じゃないかと。例えば視聴率をとってみても台風が来るといっただけで視聴率が倍くらい上がるんですよ。

——気象の状況を知りたいという視聴者の気持ちの表れですね。

そういうことなんです。去年三宅島の噴火がありましたね。また今後いつ地震があるかわかりませんね、いえ必ず来るでしょう。でもそれがいつ来るかわかりませんね。だからそれに備えることが重要で、こういうことをどういう番組で誰がいいつづけるかということが大切ではないかということです。

——いいつづけるということですか。

そうです。忘れたころにやってくるということですね。

——NHKに入られてからの経過について。

私は今までの勤務のなかで大きな転機が二つあったんですよ。その一つは沖縄を返そうという話が出てきたときで、それは大変なことだったんです。復帰すれば当然それまでアメリカの行政の下でやっていたすべてのことが、日本に戻る。そのなかで放

著者

送ということだけ考えても、公共放送をどうするかというわけで、まずその足場をつくらなければならない。一口でいうとアメリカ軍の支配しているなかでNHKがどういう具合にして放送を出す準備をしていかなければならなかったかということです。私が行っていたころは総局長と記者とプロデューサーの三人しかいなかったんですよ。その三人のスタッフで返還という大きなニュースが毎日のようにありましたが、海外特派員として海外総支局の中の総局といっていたおかしな時代ですから、日本も大使館に準ずるようなものがあって、在留は非常にややこしい大きな制約のなかで、もちろんドルの生活をしていたわけです。沖縄についてはもっとお話ししたいこともありますが、もう一つは沖縄から帰ったあと報道に移った理由ですが、沖縄の仕事というのはまさに対政治的テーマだったわけで、その返還の作業を終えて帰ってきたことを含めて、これからのＮＨＫというのは報道にあるというその背景のなかで、その前は科学という教育のところであったが、今度は報道人間という立場から始まるわけです。

――大きな事件や珍しい報道に関係なさったとうかがっております。

報道に移っていちばん面白かったのは連合赤軍が浅間山に立てこもったあのときですね。あのときは七日間行っていて、いわば世紀の報道というのを出したのですが、あのときテレビというものが事件と同時で進行するという形では、新聞と圧倒的に違うということを示した歴史的放送だったんです。それからハイジャック事件というのが非常に多かったですね。よど号事件から続いて三つか四つありましたが、そのほとんどの中継に行きました。あのときも息づまる報道でみんなを釘づけにしましたね。

それから最近少なくなったけど、飛行機の墜落事故というのも多かったですね。

ニューデリー、モスクワなど、そのときも中継に行ったり番組をつくりました。企業爆破事件も三つくらい続けて起きたけれど、あれも不思議な事件ですね。

いちばん面白かったのはフォード大統領が来たときの宮中晩餐会の初中継で、このときもディレクターだったんですよ。キャメラは廊下に置いて撮ってくださいといわれたけど、実際は廊下では撮れないんですよ。だから部屋に入れさせてくれっていっても、それの結論を出すのが宮内庁長官ではだめで、アメリカの大統領が来るのだから外務省だとか官房長官だとか大変だったんですよ。やっと前日の夕方キャメラを部屋に入れてもらうことができたのですが、入れてみると台が必要になってね。侍従なんかがそれを見て、全部きれいな覆いを作ってくれっていわれて、ウチの美術を動員して朝まで囲いを作って……大騒ぎでしたよ。当日はみんな白いネクタイの結婚式スタイルをしましてね。それ以後エリザベス女王の中継やいろいろやっていますけど、そのときは初めての中継だったので大変でした。

私が報道に帰ったときは、新しい形のニュース、事故事件が多くて、報道にきて面白いなと思ったですね。次が山形で、五十一年から五年間おりました。

——今度は〝おしん〟の背景でもあるし、前田さんは面白いめぐり合わせがありますね。

そうなんですよ。〝おしん〟でかなり知られてくるわけですが、やはり山形というところは貧しいですよね。赴任するとき家族五人で汽車に乗っていったんですけど、福島からまだ遠いですよ、これはずいぶん山の中に来たなという感じでしたね。そこでいちばん大きかったのは酒田大火ってのがありましてね、とにかく驚きましたね。中継車を出したんですけど、歩けど歩けど焼け野原なんですよ。こんなに科学や技術が発達して、しかもこれだけ世の中が進んでいるのにどうして焼けるのだろうと思いましたね。それで特別番組をつくって……それが科学放送賞という賞をもらいました。地方の時代という言葉がいわれているようになって、地方のワイド番組を始めたのもそのころなんです。それは地方の人に親しまれると同時に、その地方でどういうことが起きているかということを全国に紹介する。その土地に住んでいる人に、あるいは地方を離れて暮らしている人にふるさとを見直し、生きがいをもって生活してもらえるよう、親しまれる放送局であるためにどういう努力をしていくかということなんですね。そういうことで例えば芸術祭参加のものを二つつくったんです。一つは山形県にとって我が母なる川であるところの〝最上川〟っていうのを音楽にして、もう一つは〝紅花抄〟っていうのです。紅花はかつては山形県が最大の産地だったんで、それを最上川をさかのぼって京都に持っていって布を染めたり、口紅につかったりしたんです。女の人たちが朝早くから紅花を摘んでいるのですが、自分たちはその着物を着ることも、紅をつけることもなく貧しい生活をしているという哀れな話なんですが。

――つくったといわれましたが、そのなかで何をなさったのですか。

つまり演出をしたのです。私は放送とか音楽は中学のときから好きでしてね、宝飯郡一宮中学なんですが、そのとき宿直室に仮放送局を設けて初めて校内放送をやったんです。当時〝日曜娯楽版〟というのがはやっておりまして、第一回の放送はこれをまねして狭い宿直室いっぱいに人が集まって、マイクを囲んでコントあり、歌ありのドンチャン騒ぎでした。以来、高校、大学と放送クラブに籍を置くことになり、そのまま職業とつながることになった次第です。

——なぜ放送に興味をもたれたのでしょう。

それは音楽からなんですよ。小さいころ、ラジオから流れてくる音楽をよく聞いたんです。その音楽というのはベートーベンであり、チャイコフスキーであり、メンデルスゾーンであったわけですが、自宅にレコードもプレーヤーもない、牛とか鶏の鳴き声と共に生活している環境のなかで、ラジオをひねることによって世界の一級の音楽が聞けるということは大変な驚異でして、ラジオがどうしてこんなに簡便に聞けるのか……それが基本です。

——時習館時代も放送部に入りびたっていたね（笑）。

そうそうレコードなんかもあのころからかなり買い始めたね。大学へいっても放送研究会へ入って、そこでは放送の研究はもちろんだけど、月一回くらい大講堂で大コンサートをやってたんです。それを主催し、しかも解説も全部やったんですよ。会長で日本で最高の音響学者だった伊藤毅さんが開発したウーハーてのはものすごいやつでね、その話の延長をするとオペラに入っちゃうんです。やはり音楽の最終はオペラだということがわかってきたんです。なぜかというと、オペラには詩もありドラマもある。もちろん舞台があり、踊りがあり、音楽がある、総合芸術の最高と考えられるわけです。放送でも、映画でも到達できないすべてをもっていますね。田舎の牛や鶏が鳴いているところで聞いたラジオの音楽から入って、今はオペラが最高の楽しみです。

――オペラのように生のものか、テレビかについて、制作者の立場からその違いはどうでしょうか。

それはもう完全にテレビはテレビ、映画は映画というメディアの一つですよ。例えば声についていえば、オペラの場合四五〇〇人入るNHKホールで、マイクを使わないでホールの後ろまで聞こえる声を出して三時間も歌う。つまり人間の限界ギリギリまでいっているようなものです。こうなると生命力みたいなもので、テレビではとて

ＮＨＫを見学した前田夫妻

もそこまでわかりませんね。

――メディアの中にいながら生のものに感動されているところが面白いですね。

それはそうです。今の演奏会なんかスピーカーを一二個とかつけて、マイクロホンをこんなにくっつけて……そういうのを演奏会だと思っている人が多いんですよね。太鼓の音一つとったって、テレビで出てくる太鼓の音なんか腹に響かないですよ。

――やっぱり媒体の限界ということでしょうか。

テレビは音のついた画面に過ぎませんね。衛星放送なんかになって、いま開発しようとしているのは、まず音をどのくらい幅広く出せるかということなんです。画面でも実際に見たものにどのくらい近づけるかということでいま開発していますが、これはあっと驚くように真実に近いというか、再現が非常に忠実になっている。だからテレビの世界でもその努力はしています。つまり放送の形態が大きく変わろうとしているのです。一つはテレビジョンの画面とか音のなかで変わってくること。一つは多チャンネル化といって、今まで十くらいしか見られなかったものが百くらいは常識になってくるんですね。自分が選択しなければならない時代になってくると、さらに進んで、欲しい情報を取り出す時代になってきます。そういう世の中になってくると、では放送局とは何だろうとなるわけですが、そうなるとやはり、今やっている番組のなかでニュース、天気、スポーツというものは、今どうなっているか、現在どういうふうに進行しているかという、これは放送局の機能として残るもので、こういったものがこれからの放送局の主流となるのではないかと思います。ニュースは何かというと、教育の問題も芸能も全部が現在進行形なんですね。ニュースを中心としたいろいろなものに即座に対応して、即座にニーズに応じられる、これが放送局として残る道だと思いますね。

――時習館のことについてうかがいたいのですが。

時習館の先輩で金田録郎さん（豊中三一回）というかたがＮＨＫにおられました。

大学に入った年に同窓名簿を見てその先輩を訪ねていったんですが、そしてNHKに入りたいといったら、それはよい後輩をもったと喜んでくださったので、よく遊びにいっていました。時習館がいかに私の人生を決定づけたかということを感じます。時習館との結びつきはいっぱいあるけれども、最近、母が子宮ガンで亡くなったんですけど、具合が悪くなったとき豊川市民病院へ入院したんですよ。それでひょっとしてと思ってまた時習館の名簿を見たら、婦人科部長が一級上の神谷行雄（時四回）という人だったんですね。そのとき山形にいたから、その人に時習館の後輩だけどといって電話したんです。だけどそのときは、電話したこと自体について断られたんで、すごく嫌な感じだったんだけど、とにかく主治医のその先生に会ってみようと山形からわざわざ出てきて会ったんです。そしたら金田さんがどうのとかいろいろ話が合ってね。それで、お母さんはぼくに任せてくださいっていってくださって、山形にいるため見舞いにいけない私に代わって、お母さん大丈夫ですよって毎日励まして最後までよく診てくださって……母親は涙を流して喜んでくれましてね。おやじさんもすごく喜んでね。ありがたかったですよ。ほかに思い出といえば甲子園へ行ったことかな。

――興味深いお話をたくさん聞かせていただきました。

番組一本つくるのに数十冊の本を読み、四、五十人の人に会いますから、本当はそのひとつひとつの話のほうが面白かったかなとも思いますよ。

第八章　オペラはすばらしい

一、オペラは情熱

日本のクラシック音楽で名声をはせた声楽家、メゾソプラノの荒道子。ＮＨＫのニューイヤーコンサートを聴きにいったとき、格調高い気品のある声が心に残った。荒道子さんと後日、ＮＨＫ青山荘で、ベートーヴェンの交響曲第九番の話題になった。音楽の道を築いてきた人生にとって、苦悩を突き抜けた歓喜こそは、まさに到達した人間賛歌である。

時習館高校の九年後輩の平松八樹氏は、本格的にオペラを勉強し、年一回、神奈川県民ホールで一流の指揮者、出演者を招いて共演している。昨年で二四回目であった。毎年、聴きにいっていたが、昨年のプッチーニ作曲「トゥーランドット」で終了すると聞き、オペラファンにとって大変残念である。彼は、首都オペラの合唱団を率いて制作も担当していた。その数は「椿姫」「仮面舞踏会」「ラ・ボエーム」等の作品がある。彼のオペラに対する情熱は、オペラファンにとって力強さを感じた。

私にとって励みになった。

二、オペラとの出合い

私は、NHKのディレクターで情報番組を担当していた。幼いころから音楽に興味があった。歌舞伎とオペラの誕生とは、ほぼ同じ、一六〇〇年代である。離れた国であるのにそれぞれ違う分野に進み、歌舞伎は日本の古典芸能として、オペラは総合芸術として発展し、著しい成果を見せている。

私が最初に観たオペラは、三面記事に載るような、レオンカヴァッロ作曲「道化師」であった。イタリア南部の祝日、旅芸人一座の道化師の物語である。座長が心情的な声で歌い上げるアリア「衣装をつけろ」に胸を打たれた。

芝居と現実が交錯したドラマで「喜劇は終わった」とつぶやき幕になる。座長カニオを演じた歌手、プラシド・ドミンゴが一九七六年、（第八回イタリア歌劇団NHKホール）来日し、公演した。ドミンゴの力強い声量とドラマティックな演技は、感動と興奮で日本のオペラファンを魅了した。彼が出演するたびにチケットは完売になった。それ以来、私も、本格的なオペラファンとなる。

三、オペラと芸術

ＮＨＫ時代、下八川共祐氏を知った。氏は、昭和音楽大学の理事長、藤原歌劇団代表を務め、オペラ界では名を知られている。下八川氏は、昭和音大を麻生区に移転開校され、時々、私が提案した言葉を受け入れられ、音楽向上に力を注いでいる。日本最初の藤原歌劇団は、今も名作オペラを中心に国際的アーティストを起用しつづけ、世界的レベルの育成に心がけている。

藤原歌劇団が「テアトロ・ジーリオ・ショウワ」（一三六七席）で、ビゼー作曲「カルメン」を公演した。出演者は、音大生徒、桐光学園高校合唱部、百合ヶ丘児童合唱団が一緒になり、闘牛場のシーンで、突然、黒いマント姿の元川崎市市長、阿部孝夫

昭和音楽大学理事長
下八川共祐氏

が帽子を取り、客席に向かってジーリオ・ショウワと叫び観客を喜ばせた。市長は、市民と団体が一緒に解け合うのは川崎市を支えるよい機会であるといわれた。

新百合ヶ丘のイオンシネマは、百席以上の九つの劇場があり、大勢の人が利用している。

映画監督、菅原浩志の「早咲きの花」が浅丘ルリ子主演で上映され、時習館高校が撮影されていた豊橋を想い出した。

二〇一四年、日本映画大学が、新百合ヶ丘に開校された。今村昌平氏が立ち上げた日本で最初の映画大学である。今村監督は、人間が興味をもつ理念の基に新しい扉を開いた。

私は、映画大学を訪れ、映画を通じてオペラにも関心を深めていった。麻生区は「芸術のまちづくり」の発展にスポットを当て、ネットワークの形成や相互の連携を目指している。役員は、麻生区商店街、文化協会、観光協会、川崎市代表、昭和音大理事長、映画大学長も参加している。

「あさお芸術のまち」は、区役所の新設で人々が気軽に音楽を楽しめる場所を設けた。今年で一五年目を迎えて、盛大なコンサートを催した。この催しは、黒柳徹子の音楽物語、「窓ぎわのトットちゃん」が取り上げられ、麻生区市民会館ホールで近隣各地から演奏を聴きにくる人たちでにぎやかであった。

このような活動にふれるたびに、私のオペラ好きは、生かされていると思う。

四、オペラとあさお

私は神奈川県川崎市麻生区に住んで四〇年近くになる。ここに住んでいるのには少し、こだわりがある。国土交通省の都市景観百選に選ばれ、街全体のレイアウトに至るまで、芸術文化を感じさせる魅力ある街づくりである。首都圏・沿線のランキングによると、住みたい沿線では、小田急線が一位であるとリクルートは伝えている。川崎市の文化施設入場料の支出は、日本で一位であると総務省が示している。文化支出が多いということは、このような施設に足を運ぶ人が多いと考えられる。

神奈川県が、県外からのオーケストラ楽団が公演する回数が最も多いというデータがある。ほかの交響楽団が神奈川県で演奏するのは、県民が音楽を共有していると考えられる。

麻生区の男性の平均寿命は八三歳で、全国で二位である。小生は、オペラを勉強して五〇年あまりであるが、まだ飽くことはない。

五、海外と日本のオペラ

海外のオペラ鑑賞は、私の最良の宝である。ブラジルのマナウスを訪ずれ、アマゾナス劇場を見学した。一三〇年前、ゴムの生産から発案した自動車のタイヤ景気が繁栄し、パリ・オペラ座を模してヨーロッパから大理石を持ち込み大劇場を作った。当時、人々は、遠く離れた西欧の音楽を聴くのは大変で、ぜいたくであった。

のちに、マリア・カラス等も招き公演した。

オペラ歌手東敦子さんと面会したとき、南米のオペラハウスとしては、世界最高の劇場であると語った。

ニューヨークのメトロポリタン歌劇場、イタリーのミラノ・スカラ座、ロンドンのコヴェントガーデン歌劇場、ドイツのベルリン国立歌劇場、ロシアのマリインスキー劇場など、六〇か国あまりを回った。ひとつひとつが永遠の価値がある。

ワグナー作曲「ローエングリーン」「タンホイザー」は、ノイシュヴァンシュタイン城が再現され感動し、深く心に残った。

日本では、五十嵐喜芳氏が初代新国立劇場の芸術監督を務めていたころ、開幕三〇分前のオペラ解説は、初めて観る人をオペラ好きにした。五十嵐氏は昭和音大学長時代、長年にわたって私にもオペラの解説をしてくれた。

筑紫哲也氏（沖縄時代）が国立劇場に定期的に観にきていた。記者は、夜遅い番組

アマゾナス劇場

メトロポリタン歌劇場

ミラノ・スカラ座

ブランデンブルク門（ドイツ）

に出演していたにもかかわらず、オペラ談義してくれ私の知識を深めた。

愛知県立芸術劇場をはじめ、東京の新国立劇場、東京文化会館など三十あまりの劇場を鑑賞している。

オペラはマイクなしの声と管弦楽がとても温かく、私の心を包んでくれる。

六、オペラは永遠の美である

カラオケスタジオ「オペラ」は、新百合ヶ丘駅前にある。一九室の一室から、りゅうちょうな声が聴こえた。それは、テノール歌手、ホセ・カレーラスのような、ジョルダーノ作曲、歌劇「アンドレア・シェニエ」のアリア、「ある日、青空を眺めて」であった。詩人と令嬢との恋物語でベルカント風の美しいアリアで聞く人を飽きさせなかった。

こんなことは、数々あるわけはないが、我が家では、「オペラ会」は三〇年あまり続けている。映写、音声装置をしつらえ、解説付きでオペラ作品を紹介している。

私の趣味で、丹念に集めたＶＨＳ六千盤、ＤＶＤ三千盤、レコード千枚、オペラの本五百冊など、ふと、気付いたらこのようになっていた。

オペラは面白い。その理由は、人間と人間の心が葛藤するドラマである。音楽は美学であり、愛である。人生のオペラは美である。

あとがき

ビゼー作曲「カルメン」の全曲が十年ぶりに昭和音楽大学の藤原歌劇団により「テアトロ・ジーリオ・ショウワ」で上演される。指揮は鈴木恵里奈でフランスオペラに挑戦する。

この再度の国際化の志向は大きな挑戦であり前回に比べて新しい風が吹くことを期待する。

作曲家、三枝成彰氏の講演があり、しんゆり芸術祭にとって、だいたんな構想を見守った。オペラ作品では、十年近くかけたオペラ「忠臣蔵」が、完成初演までは各界の注目を集めた。また「蝶々夫人」ではその後、まったく違った「蝶々夫人」の息子、「Jr. バタフライ」を作曲し、大きな反響を呼んだ。

このように作曲することが、生涯の仕事の決め手となり、この講演の内容は実にすばらしかった。

プラシド・ドミンゴは、東京に来日公演した。二〇二〇年、七八歳で最高齢のトップ・テナーとして全世界で活躍している。いちばん初めの公演のときは、私も観たレオンカヴァッロ作曲「道化師」の「衣装をつけろ」のアリアに感動し、それ以後、今は一四〇曲を越えて、その最大の歌手として君臨している。

横浜市営地下鉄3号線、あざみ野~新百合ヶ丘について延伸が決まった。この路線によると新百合ヶ丘・新横浜間は二七分となり、東京・大阪間の新幹線と直結となる。延伸区間の一日あたりの需要予測は約八万になる。

川崎が、新百合ヶ丘の街づくりのオペラ等、観るにも一日で来られる距離である。新しい施設が、我が家にとっても充分に楽しめる。

二〇二〇年五月

前田昭治

本文文章は発表された当時の時制をそのまま使用しております。

著者紹介

前田昭治（まえだ しょうじ）

1934年5月9日　愛知県生まれ
1957年　早稲田大学法学部卒業

日本放送協会（ＮＨＫ）に入局し、報道局･教育局にてチーフ･ディレクター、海外特派員（米国施政権下の沖縄）を務める。

○主な活動
・１　川崎市麻生区区政推進会議委員
・２　あさお市民活動サポートセンター理事
・３　川崎市市民利用施設市民検討委員会委員
・４　大学の特別講義
　　豊橋創造大学「現代メディア」「国際関係論」

○著書
「沖縄の米軍基地」「沖縄の放送史」

○受賞
科学放送賞　ＮＨＫ特集「酒田大火からの報告」(1977年7月)
沖縄放送教育研究会特別賞「沖縄での放送教育活動」

○海外取材
60か国（ドイツ、イギリス、アメリカ、フランス、イタリア、ロシアほか）

テレビ 我が人生

発行日　2021年1月18日　初版第一刷発行
著　者　前田昭治
表紙絵　高垣真理
発行者　佐相美佐枝
発行所　株式会社てらいんく
〒215-0007　神奈川県川崎市麻生区向原3-14-7
TEL　044-953-1828　FAX　044-959-1803
振替　00250-0-85472
印刷所　モリモト印刷株式会社

ISBN978-4-86261-163-5　C0095